dtv

»Wondratscheks Musenjünger sind Krieger, die das Leben als Schlacht ohne Gefechtspause zu bestehen haben, wohlwissend, dass man manchmal ohne Hoffnung kämpfen muss. So ergeht es auch dem Regisseur Nohál in der Erzählung ›Giotto‹ ... Die Handlung scheint nach Art der Novelle auf ein unerhörtes Ereignis zuzulaufen: Nohál trotzt seiner drohenden Erblindung Filme ab, die nur mit Musik zu vergleichen sind. Doch dann nimmt er das Geheimnis seiner Existenz in Form eines Fotos aus dem Text wieder mit sich heraus.

Das melancholisch getönte Ringen um Ideale, ob in der Liebe oder in der Kunst, macht aus den vier Erzählungen Gleichnisse. In ihrer verletzlichen Schönheit schweben sie einige Zentimeter über der Realität. Mit diesem Sieg der Kunst über die Schwerkraft meldet sich ein neu zu entdeckender Wolf Wondratschek zurück.« (Katrin Hillgruber in der ›Süddeutschen Zeitung‹)

Wolf Wondratschek, geboren 1943 in Rudolstadt/Thüringen, lebt heute in München. Weitere Werke: ›Früher begann der Tag mit einer Schußwunde‹ (1969), ›Ein Bauer zeugt mit einer Bäuerin einen Bauernjungen, der unbedingt Knecht werden will‹ (1970), ›Omnibus‹ (1972), ›Mozarts Friseur‹ (2002).

Wolf Wondratschek

Die große Beleidigung

Vier Erzählungen

Deutscher Taschenbuch Verlag

Die Erzählungen wurden alle in Wien geschrieben.

Ungekürzte Ausgabe
März 2003
Deutscher Taschenbuch Verlag GmbH & Co. KG,
München
www.dtv.de
© 2001 Carl Hanser Verlag, München · Wien
Umschlagkonzept: Balk & Brumshagen
Umschlaggestaltung: Catherine Collin unter Verwendung
einer Fotografie von © photonica / Katrin Thomas
Satz: Filmsatz Schröter, München
Druck und Bindung: Druckerei C. H. Beck, Nördlingen
Gedruckt auf säurefreiem, chlorfrei gebleichtem Papier
Printed in Germany · ISBN 3-423-13059-8

»Ich für meinen Teil konnte niemals einsehen, wozu es gut sein sollte, sich Bücher auszudenken und Dinge niederzuschreiben, die sich nicht in der einen oder anderen Form tatsächlich ereignet haben.«

Vladimir Nabokov in »Frühling in Fialta«

Giotto

1

Plötzlich war da dieser Satz.

»Ich möchte etwas schaffen, das ich, ohne mich zu schämen, Giotto zeigen könnte.«

Giotto! Ich hatte es genau gehört, obwohl ich gerade in einem Tumult von Geschrei und Gelächter nach dem Verbleib meines Mantels fahndete, um die Party, die mich eigentlich nichts anging, zu verlassen. Aber wie es so ist, irgend etwas hält einen auf, man läßt sich das Glas nachschenken und bleibt.

Der Lärm war wirklich beträchtlich, aber dieser Satz hatte sich gegen jede akustische Wahrscheinlichkeit bis zu meinem Ohr durchgekämpft. Gleichzeitig war, wie ich verwundert feststellte, der Lärmpegel gefallen. Irgendein Schalter hatte den Ton abgedreht. Natürlich war ich der einzige, der hörte, wie es still wurde.

Es war dieser Satz, dem ich, wie sich dann herausstellte, meine Bekanntschaft mit Nohál verdankte, ohne ihn allerdings bis jetzt zu Gesicht bekommen zu haben.

Wir waren beide Gäste einer Partygesellschaft. Ich hatte auch die Gastgeberin vorher noch nie gesehen, sondern war, ohne eingeladen zu sein, im Schlepptau eines mit ihr befreundeten ungarischen Tänzers erschienen, der auch mein Freund war, eine Art Naturbursche, gesegnet mit einer Sprungkraft, die es ihm gestattete, aus jeder noch so kleinen Rolle (nein, ein Prinz war er wahrlich nicht!) die umjubelte Attraktion des Abends zu machen. Das war der Ungar, auch wenn er die Schäbigkeit einsah, mit den Bocksprüngen seines Temperaments immer und überall imponieren zu können. Sein zweites großes Talent bestand darin, Frauen, die ihm gefielen – und welche gefielen ihm nicht? –, mit robuster Zielstrebigkeit den Kopf zu verdrehen. (Ein Talent, das mir abgeht. Aber so ist es unter Freunden: ein jeder ist des anderen Sehnsucht.) Unter der bengalischen Oberfläche, die er der Öffentlichkeit präsentierte, war aber ein anderer versteckt, der nicht sprang und auch nicht tanzte. Ein Mann, der nach einer Frau suchte, die er heiraten und mit der er Kinder haben wollte. Er hatte es satt, den Verführer zu geben und sehnte sich, wie ich wußte, nach einer Frau, der er zutraute, ihn auf der Stelle in ein monogames Wunderkind zu verzaubern. Im Augenblick allerdings stand mein Freund erst einmal seinem nächsten, bereits erlegten Opfer gegenüber – und wie ich sah, machte er es wie immer kurz und eindeutig. Er hatte schon ihren Mantel im Arm.

Giotto! Ich möchte etwas schaffen, das ich, ohne mich zu schämen, Giotto zeigen könnte. Ich hatte es gehört! Andererseits, wieviel Giottos standen allein in Rom im Telefonbuch? Hieß vielleicht einer der anwesenden Tänzer so? Hatten Italiener nicht alle solche Namen, angefüllt mit der Schönheit kleiner Arien? Hatte ich den Rest des Satzes womöglich mit einer Erinnerung ergänzt, die mir entfallen war? Was sollte ich nun tun? Wonach Ausschau halten? Wer war die Stimme, wem gehörte sie?

Ich schaute mich um, musterte die anwesenden Männer, überlegte, welche Kleinigkeit genüge, die betreffende Person zu verraten. Aber als was? Warum nahm ich an, er müsse Maler sein? Und wenn, wie erkennt man einen? An einem von Humorlosigkeit gequälten Gesicht? An einem bunten Bart? Am ausgefallensten Einstecktuch? An feingliedrigen Fingern? War er überhaupt Maler? Reden so nicht auch Angeber? Ich suchte die Zimmer nach der lautesten Stimme ab, was ich gleich wieder aufgab. Dann landete ich frontal vor einer Frau, die mich, wie sich herausstellte, verwechselte, was sie nicht daran hinderte, mich erst einmal zu begutachten. Da eine Flucht vor ihr im Gedränge schwer zu bewerkstelligen und mir auch nicht nach einer Unfreundlichkeit zumute war, gab ich mich geschlagen.

Sie nahm sich ausgiebig Zeit, meinen Beruf zu erraten. Dabei erstellte sie eine hinreichend sorgfältige Liste besonderer Merkmale und fügte jedes ihrem Ratespiel hinzu, ohne sich am Ende sicher zu sein, ob ich nun Schiffsingenieur sei oder ... ja was nur? Ich machte ihr die Freude. Erraten, log ich, und gab meiner Anwesenheit in der Stadt den Anstrich eines Landurlaubs. Sie musterte mich wieder. Warum, schien sie zu bedauern, war der Kerl nicht ein einfacher Matrose und einige Erdumrundungen jünger? Trotzdem gab sie nicht auf, mich für ihre Angst vor Ozeanen zu begeistern und nahm offenbar an, wir müßten uns auf einem leckgeschlagenen Vergnügungsdampfer schon einmal begegnet sein – Auge in Auge, und das nicht nur im Bruchteil jener Sekunde, die einem Kuß vorausgeht, sondern im Angesicht des sicheren Untergangs. Wir hätten, wenn es nach ihr gegangen wäre, auch jetzt keine Zeit zu verlieren gehabt.

Ich sollte ihr Jahre später (sie war jetzt schwarz- statt rothaarig) wiederbegegnen, bei genau jenem Mann, nach dem ich gerade suchte. Sie erinnerte sich nicht mehr, war aber in der Zwischenzeit, wie ich erfuhr, in den Hafen einer Ehe eingelaufen – und hatte es fertiggebracht, dort mehr ihren Mann als sich selbst zu vertäuen. Sie schien weiter die Freiheit zu genießen, das Hafengelände (das war alles, was jenseits ihrer Wohnungstür lag) nach Matrosen abzusuchen, nach einem richtigen Stück Mann, wie sie es nannte, um sich darüber vor Lachen zu schütteln. Ein Hustenanfall ließ sie schlagartig altern. Unter der Schminke schien die Haut zu verrutschen. Zwei gut sichtbare Operationsnarben gaben Farbsignale von sich. Die Schläfen waren blau und durchsichtig. Sie senkte den Kopf, aber nur, um (verjüngt durch zwei, drei tiefe Atemzüge) wieder aufzutauchen. Da sie mich, wie gesagt, nicht wiedererkannte, war wieder ihr Ratespiel an der Reihe. Und wieder Wasser! Sie blieb ihrem Element treu. Ich sei, vermutete sie, sicher tätowiert. Vermutlich habe sie erst gestern von mir geträumt. Ob meine Haut nach Muscheln roch? Sie eliminierte jeden Zufall aus der Tatsache, daß wir einander begegnet waren. Noch eine halbe Stunde – und ich war das Geschöpf ihrer Wahl, unfähig natürlich, dem Organisationstalent ihrer Ideen zu entkommen. Als sie auch noch darauf bestand, in Verwandtschaft mit bereits erloschenen Sternen zu stehen, gab ich auf, segnete sie mit einem Schimpfwort und empfahl mich.

Ich fragte die Gastgeberin, die mich gerade mit einem weiteren Glas Wein bewirtete, ob einer ihrer Gäste Künstler sei.

Alle, lachte sie, mehr oder weniger natürlich.

Entweder, dachte ich, hatte sich einer nur im Ton vergriffen oder es befand sich ein interessanter Mensch in einem der beiden nichtssagend möblierten Zimmer. Ich schlängelte mich also durch die kleinen Gruppen, die sich zusammengefunden hatten, aber niemand erzählte von einem Urlaubstag im norditalienischen Padua, seinen Kirchen und den Fresken dort, niemand von seinem Staunen über die Kühnheiten alter Kunst. Nichts, was ich aufschnappte, ließ darauf schließen, daß der Name des italienischen Meisters je hätte fallen können. Ich jedenfalls sah keinen Zusammenhang zwischen einem Gedankenaustausch (in der Küche) über leistungsstarke, gleichwohl versicherungsgünstige Autos, einer Debatte (im Flur) über das berufsbedrohende Ballerinen-Handicap eines zu großen Busens oder (rund um das Bett) die Behandlungsmethoden und Heilungschancen in Abano, dem Mekka invalider Tänzerinnen und Tänzer – und Giotto! Und auch der sonstige Klatsch, der die Gäste beschäftigte, war eine Sackgasse; da führte kein Wort in ein Museum oder vor ein Gemälde.

Ich hatte dann aber doch noch Glück. Mir fiel ein Mann auf, der dastand, als wolle er das Gewicht eines Eisschranks nachahmen, und das nur, um nicht als Luftballon zu enden, dessen Schnur gerade den Händen eines Kindes entglcitet. Er war nicht auf die gleiche Weise anwesend wie alle anderen. So sieht einer aus, der nur als Summe seiner Gedanken wahrgenommen werden will. Dazu kam, daß er, wie mir auffiel, offenbar Schwierigkeiten mit seiner Sehschärfe hatte, was nichts mit dem genossenen Alkohol zu tun hatte. Er hielt (ein Kunststück!) Abstand selbst im dichtesten Gedränge, und immerhin kannten ihn fast alle.

Bis auf mich, der sich ihm vorstellte. Ich hatte es nicht eilig, auf Giotto zurückzukommen. Giotto interessierte mich auch nicht. Keine Ahnung, was einen Giotto von einem Fra Angelico unterschied; ich hatte mich damit nie abgegeben. Im übrigen verabscheute ich das taubenblaue Geflunker über Kunst. Mit Giotto konnte er nur eine allerhöchste Instanz gemeint haben – und hätte gleich Gott sagen können. An den aber, der unter dem Firmenzeichen des Kreuzes immer noch aktuell ist, glaubte er nicht, wie ich dann später erfuhr.

Wir gaben uns die Hand. Sein Händedruck war unangenehm kraftlos. Nohál, stellte er sich vor, Anton Nohál, Sohn eines Forstmeisters.

Nach einer Kindheit mit viel frischer Luft sah er nicht aus, aber die lag, wenn ich richtig schätzte, auch schon sechzig Jahre zurück.

Fünfzig, korrigierte er meinen unausgesprochenen Gedanken.

Alles, was er von sich gab, klang so zerdehnt, so auffällig verlangsamt, als denke er an etwas ganz anderes: an den Gesichtsausdruck eines Mädchens, vertieft in die Lektüre eines Buches?, an die Ekstasen der Melancholie und die Unmöglichkeit, sich diese Krankheit in der Kürze eines Menschenlebens je vom Hals schaffen zu können?, an den roten Mantel des Glücks?

Ich habe auch bis heute nicht begriffen, was er mit der seltsamen, eigentlich unnötigen Bemerkung, der Sohn eines Forstbeamten zu sein, damals gemeint haben könnte, und gefragt habe ich ihn danach auch nie. Mag sein, daß er sich nur einen Scherz über die Logik der Vorsehung und die Absurdität allgemeiner Vererbungstheorien erlaubt oder ganz einfach aus dem Stegreif etwas erfunden hatte, was ihm die tollkühne Behauptung gestattete, den leiblichen Vater als eigene Erfindung ausgeben zu können. War ihm die genetische Abstammung zu langweilig, die sich in einer Ahnenreihe städtischer Beamter verlor? Sein eigenes Geburtsdatum, schien er vielleicht sagen zu wollen, liege tief im neunzehnten Jahrhundert, er habe jede Menge tote und lebendige Väter gehabt, habe sich wiederholt selbst, eigenhändig sozusagen, unter Mitwirkung all jener Frauen, die er geliebt habe, gezeugt, und dies mit epischem Vergnügen. Ich lernte später drei, vier seiner Verhältnisse kennen; eine Schönheit war nicht darunter, kein spöttisches Kind, keine vergnügte Amazone. In einem Lexikon würde ich, was seinen Geschmack betraf, unter dem Stichwort ›Mumifizierte Intelligenzbestien‹ sicher fündig werden. Wo also lag sein Vergnügen, episch oder nicht, an der Gesellschaft ihm treu ergebener Frauen, die er mehr beherrschte als begehrte?

Nun, auch er war nicht, was man einen ausgesprochen schönen, einen rundherum ausgewachsenen Mann hätte nennen können, auch nicht annähernd. Außerdem mußte etwas bei der Art seiner Selbsterfindung schiefgelaufen sein, denn er war auf einem Auge vollständig, auf dem anderen fast ganz blind. Natürlich wage ich nicht darüber zu befinden, ob zwischen seiner Sehschwäche und seiner Vorliebe für Mauerblümchen (die nie auch nur einen einzigen Tag blühend überstanden hätten) ein Zusammenhang bestand, womöglich gar ein bewußt durchdachter. Vielleicht waren das alles aber auch nur Geschichten, mit denen er Frauen beeindruckte, die anfällig waren für jeden, der noch einen Funken Phantasie hatte – und die altmodische Geduld, seinen Erfolg abzuwarten.

Die Bedrohung durch völlige Erblindung nahm dieser Mann jedenfalls mit einer Gelassenheit hin, die mich erstaunte. Der Ausgang jeder neuen Operation war ungewiß. Jede konnte sein Schicksal sein. Und doch zwang er seine Freunde, sich keinerlei Sorgen zu machen. Die Vorstellung, er könne, ganz nach biblischem Brauch, für den Hochmut seiner Einbildungskraft bestraft worden sein, schien ihm zu gefallen. Noch lieber hing er vermutlich der Vorstellung nach, die Götter seien, wenn auch strafend, an seiner Seite.

Nein, Maler war er nicht. Er war Filmregisseur.

Ein Regisseur von Filmen, wie er verbesserte. Nicht jeder, nicht wahr, der einen Pinsel in der Hand halte, sei deshalb gleich ein Maler, geschweige denn das, was wir nicht ohne Bewunderung einen Künstler nennen, ein Genie von mir aus.

Dann kam er auf die vermaledeiten Augen, mit denen er sich herumschlage, zu sprechen. Sicher, die Operationen seien lästig und die Monate danach zermürbend. Der Körper habe Schlagseite, verliere prompt jegliche Orientierung, dazu kämen Übelkeit und Schwindelanfälle und Kopfschmerzen, wahre Stromstöße von Kopfschmerzen. Lustig sei das nicht. Aber auch nicht zu ändern. Vom ewigen Schlaf des Gekreuzigten allerdings sei er noch weit entfernt.

Mir fiel auf, wie gut ihm der Vergleich gefiel. Für Heroismus hatte er, im Sieg oder in der Niederlage, etwas übrig. Wenn sein Kampf aussichtslos war, würde er weiterkämpfen bis zum Eingeständnis, seine Kräfte überschätzt zu haben.

So bescheiden er in seinen unauffälligen Kleidern auch wirkte, wenn er ins Reden kam, verwandelte er sich in den unbesungenen Helden einer attischen Tragödie. Seine Mythen kannte er. Und manchmal hatte ich den Verdacht, er kenne den einen oder anderen ihrer Helden persönlich. Man glaubte ihm dann, Prometheus bewirtet zu haben, Prometheus, der das Feuer stahl und von den Göttern zur Strafe geblendet wurde.

Es genügte ein Glas zuviel (bei ihm und bei mir), und Nohál saß am Tischende in der Gestalt eines blinden Sehers, der Gegenwart (die er, bis auf die Fortschritte der Medizin, speziell der Augenheilkunde, für belanglos hielt) den Rücken gekehrt. Ein Mann mit dem untrüglichen Blick für Unsichtbares. Kurz, eine außergewöhnliche, höchst unterhaltsame Erscheinung.

Erfolg bedeutete Nohál nichts. Darin war er vorbildlich, beneidenswert vorbildlich. Ich kam ihm jedenfalls nie auf die Schliche, daß seine Gleichgültigkeit, was die Genugtuung öffentlicher Anerkennung betraf, gespielt sein könnte. Er war, was er zu sein vorgab. Mein Mißtrauen ist gegenüber jedem, der Gleiches von sich behauptet, groß, wenn nicht unerschütterlich. Und die Liste der Entlarvten ist schließlich gewaltig. Irgendwann rutschte jedem von ihnen eine Bemerkung heraus, die der Wahrheit die Ehre gab. Erfolg ist ein rauhes Geschäft. Man muß stark sein, um sich nicht einzumischen. An den Gestaden der Seligen herrscht Sturmwarnung, und das rund um die Uhr. Es toben unberechenbare, menschengemachte Unwetter. Und wohin man blickt, sieht es aus wie im Tal des Todes. Es kam vor, daß sich Nohál Späße erlaubte auch über die Opfer, wobei sich seine Spottsucht bester Gesundheit erfreute. Er leistete sich den Luxus, Ruhmsucht als Feigheit anzuprangern – und Erfolg als verdiente Heimsuchung. Da verließ er sich lieber auf seine Anonymität – und das Gedächtnis kommender Generationen.

Die größte seiner Heldentaten jedoch war die Routine, mit der er seinen Optimismus am Leben hielt, vermischt mit einer kräftigen Portion abgeklärten Humors. Ich sehe gerade noch soviel, um Qualität zu erkennen; und mehr ist nicht nötig, nicht wahr? Wäre ich Maler geworden, ließ er mich in Anspielung auf meine Frage wissen, hätte ich auf die Farbe verzichtet. Farbe ist Reklame. Und die hat

Kunst nicht nötig. Mehr noch, sie ist absolut tödlich auf der Suche nach Wahrheit.

Aber langsam, langsam, wir hatten uns einander ja gerade erst vorgestellt.

Wahr oder falsch, Forstmeister oder Oberförster, Götter oder Gott, war er weder der Typ, der nach frischer Luft roch (oder zumindest danach aussah), noch wäre einer wie er je auf den Gedanken verfallen, sich auch nur die geringste körperliche Tätigkeit zuzumuten. Nicht bis zu jenem Tag jedenfalls, als er sich ein Sportrad kaufen ging.

2

Bis dahin lebte er mit den Angewohnheiten und Schußligkeiten eines Privatgelehrten, der kaum vor Mittag aus dem Bett kam und nie vor Mitternacht dahin zurückkehrte, lange nach Mitternacht am liebsten, nachdem er in Gesellschaft ausgiebig geredet, geraucht und Weinflaschen geleert hatte. Nachmittags telefonierte er, las, was nur bei Tageslicht und mit einer Brille (mit dem Vergrößerungsmaßstab einer Lupe) möglich war, und schrieb sich die Stoffe, die er zu verfilmen gedachte, selbst. Jedes Projekt konnte seine letzte Chance sein, jede Entscheidung eine endgültige, jede Einstellung Teil seines Testaments. Wer denkt an Teamwork bei der Abfassung eines letzten Willens? An seiner Arbeit war schon lange nichts mehr gefällig oder gewöhnlich. Geschichten, die sich spannend nacherzählen ließen, gab es nicht mehr. Für Scherze war die Zeit zu knapp. Mit der Geduld eines großen Künstlers jagte er das Konzentrat, das Unwiederholbare. Vielleicht hielten ihn deshalb viele für ein Genie. Kein Wunder, wie er einschränkend zugab, bin ich doch wie ein Komponist, der nichts anderes gelernt hat als eine Neunte Symphonie zu schreiben.

In der Tat, ein Künstler war er. Einer, der seine Filme wie Partituren notierte und wie Musik inszenierte, langsame, in den Klängen verharrende, schlafende Musik, die alle Zeit der Welt an Ausdauer übertraf. Die interessante Dunkelheit seines Sehens war illuminiert von der Schärfe seines Gehörs. Nirgendwo war der Kampf um Wahrheit heftiger als in den Innenräumen des Verstummens. Dort suchte und fand er die Drehorte für seine Filme.

Er verließ seine Wohnung nur noch selten. Spaziergänge, zu denen ich ihn wieder und wieder zu überreden versuchte, lehnte er als lächerliche Zeitverschwendung ab. Seinen Kaffee trank er zu Hause, seinen Wein auch. Einladungen akzeptierte er nicht, er lud selbst ein. Jeden Sommer machte er einmal eine Ausnahme. Dann packte ihn die eine oder andere seiner Freundinnen in ein Auto und fuhr für zwei Wochen mit ihm nach Italien, wo ihm die Veranda eines angemieteten Hauses genügte. Da saß er dann, diktierte die fälligen Drehbücher, schlief und machte sich ausgeruht allabendlich mit der herrschsüchtigen Sorgfalt eines Einzelgängers an die Zubereitung eines Essens, das mehr Gäste als nur die beiden verdient gehabt hätte. Er rauchte und trank, träumte und kommentierte und redete und dachte nach – bis ihm irgendwann danach war, sich auszustrecken und die Gedanken seiner Freundin zu erraten.

Ich habe mitansehen müssen, wie ihn alle vergötterten, wie hingebungsvoll sie zusammenzuckten, wenn er sie unterbrach, wie glühend sie erröteten. Ich war Zeuge, wie er sie provozierte, wie unduldsam er ihre Unsicherheiten kommentierte, wie nachsichtig er verzieh, um sie danach, eingedeckt mit Schreibarbeiten, Listen sofort auszuleihender Bücher und Tabellen von Telefonnummern, nach Hause zu schicken. Ich staunte, denn er gehörte, offen gestanden, zu jenen Männern, die keinen Hinweis liefern, geschlechtliche Wesen zu sein. Unvorstellbar, sich den Mann nackt vorzustellen (ich hatte es aufgegeben). Er war ein Müßiggänger ganz anderer Leidenschaften, schaffte es aber mit seiner staunenswerten Gelassenheit und Konsequenz, seinen Harem zusammenzuhalten, mit welchem vitalen Einsatz auch immer. Nein, niemand verwackelte das Gruppenbild hilfreicher, mütterlich offenbar hochbegabter weiblicher Herzen. Ohne diesen Hofstaat an Helferinnen wäre nicht einer seiner vielen Filme möglich gewesen, so wenig wie die Kraftanstrengungen unbezahlbarer Arbeit denkbar wären ohne Liebe.

Die Regie seines Privatlebens war, das ist nicht zu leugnen, eine höchst gelungene Sache, selbst ein Kunstwerk. Ich denke, er sah das auch so. Er wußte, was es heißt, eine Mannschaft zusammenzuhalten. Eine andere Chance hatte er nicht, nicht angesichts der Katastrophe, fast nichts mehr zu sehen. Es blies ihm die Nacht ins Gesicht. Und trotzdem, amüsierte er sich, trotzdem drehe ich Filme.

Dreharbeiten, versteht sich, waren nur noch möglich zwischen den Operationen, und auch erst dann, wenn sich das wieder leidlich hergestellte eine Auge genügend stabilisiert hatte. Alles Organisatorische mußte abgeschlossen, alle Details organisiert, die Spiellaune aller stimuliert sein. Achtung Aufnahme! Kamera ab! Wie oft schob sich die Sonne aber gerade dann hinter eine Wolke; wie häufig fehlte plötzlich doch wieder etwas, wenn sie wieder schien; wie mühsam war es, die Konzentration zu halten, die eigene und die aller anderen. Da war es leichter, einem tollwütigen Hund das Fell zu bürsten.

Und da war nun er, selbst ein Himmel, ein Gestirn, ein mit treibenden Wolken versetztes Sonnenlicht, undefinierbaren Sinnestäuschungen ausgesetzt, blind allein schon vor Erschöpfung, einem ganz anderen Zeitdruck unterworfen als dem, der von Kalendertagen und Finanzierungstabellen erfaßt wird. Gerade hatte er eine Ewigkeit des Wartens und Abwartens hinter sich gelassen und wartete schon wieder. Dabei konnte jede seiner Arbeiten die letzte sein, jede unwiderruflich das letzte Dokument, die dann hoffentlich (endlich) gültige Summe seines künstlerischen Gewissens, ein Vermächtnis – eine letzte Symphonie eben.

3

Er kramte, das Weinglas in der Hand, gerade nach seinen Zigaretten. Da er damit Mühe hatte, bot ich ihm eine von meinen an und gab ihm Feuer. Die Art, wie er den Rauch inhalierte, erinnerte mich an die Warnung, Rauchen gefährde die Gesundheit. Ein angenehmer Anblick war das nicht, wie er rauchte. Ich verzichtete deshalb darauf, mir gleich selbst auch eine anzustecken. Statt dessen sah ich ein Gesicht, das sich quälte. Er zog an seinem Glimmstengel, reckte dabei sein Kinn unnatürlich weit nach vorne, öffnete dabei seine Lippen, schob die Zunge heraus, die sich gleichzeitig, und das gut sichtbar und irgendwie unangenehm sorgfältig, zu einer Rinne wölbte, mit deren Hilfe er den Rauch dann (endlich, dachte ich) nach hinten zog. Er atmete aber nicht ein, was er rauchte, sondern verschluckte es, und man konnte es kaum ertragen, wieviel Mühe er sich gab, auch alles tief hinunter in die Lungen zu schaffen. Und schon führte er die Hand mit der Zigarette erneut an die bereits offenen Lippen, die so feucht waren, als seien sie verschwitzt vor Anstrengung. Mir brach selbst fast der Schweiß aus. *Mir widerstehts, es macht mir Übelkeiten, wenn ich den Zug um seine Lippe seh!* Genau, ganz meine Meinung, guter Achill, Du griechischer Krieger. Zum Wohl!

Worüber wir uns unterhielten? Nun, eine Unterhaltung war es gar nicht, denn er sprach über die Gastgeberin, während ich mich auf zweierlei beschränkte: zuzuhören und, so gut es ging, nicht hinzuschauen, mit welch grotesker Umständlichkeit er inhalierte. Da er (aus verständlichen Gründen) Rücksicht nehmen mußte bei gewissen delikateren Einzelheiten und so mancher Wahrheit, die nicht wenigstens anzudeuten ihm die Freude an der Indiskretion genommen hätte, lud er mich für den nächsten Abend in seine Wohnung ein.

Mein Interesse für alles, was er zu wissen und zu berichten versprach – er war nie ihr Liebhaber gewesen, aber seit langem einer ihrer Bewunderer und zudem der Regisseur einer Dokumentation über sie –, war spätestens frühmorgens gegen fünf Uhr geweckt, als ich aus dem Schlaf hochschreckte, mich aber nicht zu Hause, sondern immer noch in ihrer Wohnung befand, und nicht nur das: ich lag in ihrem Bett, sie neben mir.

Was ich am Abend dann, einem zweiten und dritten (und vielen noch folgenden), die ich auf seine Einladung hin bei ihm zubrachte, von Nohál erfuhr, ist ungefähr das, was Bühnenpförtner mit nicht mehr als einem Achselzucken als »die übliche Geschichte« abtun (und wenn man sie so sitzen sieht in ihrer Pförtnerloge, könnten sie recht haben). Alle diese Geschichten sind schön und traurig, tragisch und aufregend – aber, wie es das Achselzucken eben andeutet, von schicksalhaftem Zuschnitt. Was tun? Es gibt keine Peitsche, die ein Raubtier davon abhielte, mit der Pranke zuzuschlagen. Aber wie sehr wünschte man sich manchmal, wenn schon die Peitsche nicht, so doch in tausend Gesichtern den Schrecken über das, was da einem widerfährt.

Die Frau neben mir war allein, auch jetzt, auch mit der Hand auf meinem Arm. Noch im Schlaf hielt sie mich fest.

Da war geschehen, wonach man nicht fragt.

Aber mit welchem Verlangen war, was geschehen war, verknüpft?

Ich war noch betrunken, noch immer, soviel stand fest.

Unglücklicherweise, ich kannte das, war ich gleichzeitig nüchtern, sehr nüchtern.

Das Morgengrauen jagte mir Angst ein.

Und das Mitleid mit ihr, auf das es nicht ankam.

Als Primadonna hatte sie schon früh das Zeug zum international gehandelten Star, nicht aber den Trumpf eines Namens, eines russischen zum Beispiel, in der Hinterhand gehabt. Ihrer war deutsch, gut deutsch, weiter nichts, und damit unbrauchbar in einer so sehr nach Legenden lechzenden Welt wie der des Balletts. Wir haben es hier mit einer Galaxie zu tun, die unter dem Markenzeichen des Vollmonds firmiert und bevölkert ist von einer Minderheit hochempfindlicher Anbeter, darunter gefühlskranke Sekretärinnen, exilierte Aristokraten, auf Gemüsediät eingeschworene Heilige, der übliche, immer anwesende Schwarm schwuler Schlawiner, ganz in Samt eingenähte Schwärmerinnen, verwundet von der Vulgarität des Lebens – und noch viele andere alte (bis uralte) Kleinkinder, alle schwach und gefühlvoll und alle leidend (an Rheuma, Heimweh oder Sentimentalität).

Sie war als Tänzerin begehrt, tanzte die Hauptrollen hoch und runter, gastierte mit den namhaftesten Partnern überall, an allen Häusern, in allen Metropolen Europas. Irgendwann hatte sie eine Ehe mit einem Trottel, der sich nach der Scheidung als zuverlässiger, auch empfindsamer Freund herausstellte. Sie hatte es schon immer verstanden, die eine oder andere Flasche zu leeren, was sie jahrelang mit den enormen Anforderungen im Ballettsaal und dem Verlust an Flüssigkeit zu erklären versuchte. Aber sie kippte bald auch Höherprozentiges als nur Wein. Und natürlich rauchte sie. Die Kollegen taten das ja fast alle, und wie.

Wer sie je auf der Bühne erlebt hatte, wird sich schwer tun, wenn er sie nun sah. Noch immer die nervöse, resolute, gern laut auflachende Person, fast so etwas wie eine Stimmungskanone unter Freunden, erinnerte an die Ballerina doch letztlich nur noch die Frisur mit dem glatten Haar, dem obligaten Mittelscheitel und hinten dem kleinen festen Knoten. Ein paar Fotos von ihr hingen an den Wänden, Luftsprünge im perfekten Spagat, elegische, bis in die Fingerspitzen geführte Linien, Schnappschüsse ihrer Ausgelassenheit unter Kollegen und Choreographen und der Konzentration im Augenblick jener Tode, die sie kunstvoller sterben konnte als es menschenmöglich ist.

Zehn Jahre später war sie tatsächlich tot. Es waren lange, einsame zehn Jahre, in denen ich sie nur manchmal noch von weitem sah, mit dem durch und durch beschämenden Gefühl eines Menschen, der sich abwendet.

4

Neuigkeiten lieferte mir mein Filmregisseur, zu dessen abendlichen Stammgästen ich bald gehörte. Sie rebellierte bis zur Besinnungslosigkeit gegen die schwindende Kraft ihrer Knochen, gegen Entzündungen in den Sprunggelenken, gegen schlechtgelaunte Partner, skeptische Choreographen und zuletzt gegen die Claque ihrer Rivalinnen, die sie ausbuhten. Schwer zu sagen, was sie noch antrieb. War es angeborener Gerechtigkeitssinn (am Theater ein Todesurteil!)? War es die Hoffnung, doch noch eine Gala tanzen zu dürfen zu ihrem Abschied von der Bühne, dem Abschied von ihrem Publikum? Warum tauchte ihr Name immer seltener und schließlich überhaupt nicht mehr auf den Besetzungslisten auf? Sang- und klanglos trat sie denn auch eines Tages ab, trainierte gleichwohl weiter, und das härter denn je. Auch wer sie noch immer für besser als jede andere hielt, machte sich Gedanken. Mißtrauisch, wie sie wurde, verbot sie sich jedes Mitleid. Ihre Heiterkeit, wenn sie gut trainiert hatte, war immer noch ansteckend, aber es gab keinen mehr, der gern mit ihr lachte.

War es doch der Suff? Möglich. Irgendein Muntermacher mußte schließlich her. Billiger Fusel aus Supermärkten. Die Elite der schwulen Königssöhne, diese Schlawiner, wäre entsetzt gewesen; träumt sie doch in Anfällen von nostalgischem Fanatismus von der Einsamkeit hauchdünner, porzellanweißer, nie von angeborener Schwindsucht genesener Künstlerinnen, von Tragödien, eingekorkt in Spitzenschuhe, Blutstau in den Zehen, erschöpft, erschöpft, und alles im Dekor eines abgelebten, abgedunkelten Hotelzimmers. Leere Champagnerflaschen, bitte, wenn schon Suff. Wenn nicht, was ging sie das Schlimmste an?

Möglich, denke ich, daß es etwas war wie ein Atemstillstand in allen Poren ihres Körpers, der Bewegung brauchte, Licht, Bühne, Beifall, um auf der Welt zu sein. Sie fühlte sich, auch nach dem letzten Vorhang und den Schmerzen eines stark geschwollenen Kniegelenks, noch immer und mehr denn je, wie sie betonte, auf der Höhe ihrer Leistungsfähigkeit. Schlimm nur, daß Gefühle, ohne die Zirkustöne des Orchesters, an Theatern eine nur sehr untergeordnete Rolle spielen. Statt zu tanzen, watete sie unsicher von Verdächtigung zu Verdächtigung, sah Verschwörer und Feinde und Gespenster (die aber auch alle Krawatten trugen!) und glitt hinüber in einen bedauernswerten, zeitweise fast klinischen Verfolgungswahn.

Sie soll, wurde bald darauf kolportiert, im Dienstzimmer des Staatsoperndirektors aufgetaucht sein und sich dort die Kleider vom Leib gerissen und unter Tränen um Hilfe gefleht haben. War es so? Und wenn, war es Provokation oder schiere Verzweiflung? Traute ich ihr insgeheim nicht beides zu? Warum erschrak ich nicht darüber, ihr diesen Auftritt *überhaupt* zuzutrauen? Sich splitternackt zu ergeben, war die Irrsinnstat einer Kranken, nicht einer nur Gekränkten.

Es gab, wie man sich leicht vorstellen kann, natürlich bald die widersprüchlichsten Versionen dieses Gerüchts. Niemand wußte etwas, alle aber tuschelten sich die Nummer ins Ohr. Die Sache war so unglaublich, daß die komischen Aspekte bald alles waren, was im Gedächtnis blieb.

Auch mir. Die erste gemeinsame Nacht war nicht die einzige geblieben. Es waren andere gefolgt, unregelmäßige Verabredungen, gemeinsame kurze Reisen zu letzten Auslandsgastspielen, spontane Stippvisiten, wenn ich nachts an ihrem Haus vorbeikam und noch Licht bei ihr brannte. Das war meine schwächste Seite. Frauen, die ihr Geld mit ihrem Körper verdienten. Nur daß diesmal die Kunst den

Zuhälter spielte, und was für einen. Unter seiner Knute gab es keine Ausreden, keine Auszeiten, kein Pardon. Es mußte jede alles geben, mehr als alles, was ein klarer Fall von bedingungsloser Hörigkeit darstellt. Das ging jeden Tag auf die Knochen. Das hieß Gehorsam, Hingabe, Schwerarbeit. Seit wann war es erlaubt, seine Autorität anzuzweifeln?

Und wie hatte der Staatsoperndirektor auf den Überfall reagiert? Auch da war man sich uneinig. Jeder wollte etwas anderes gehört haben. In der Annahme, die Arme könnte sich aus dem Fenster stürzen, soll er von seinem Schreibtisch aufgesprungen sein, erst einmal das Fenster verschlossen, die Brille abgenommen und dann die Vorzimmerdame gerufen haben. Eine zweite Version zeigt den Direktor mit dem Gesicht zur Wand, sie anflehend, sich wieder anzukleiden. Eine dritte Version favorisiert das Vorurteil, er sei noch nie etwas anderes gewesen als ein durch und durch kaltblütiger Typ. Er soll ihr sein Taschentuch gereicht, das Zimmer verlassen und draußen seiner Sekretärin empfohlen haben, die Feuerwehr zu rufen. Keiner erwähnte auch nur die (wenn auch unwahrscheinliche) Möglichkeit der menschlichsten aller Gesten, die darin bestanden hätte, sie in die Arme zu nehmen.

Will man dem Pfarrer glauben, hat Gott das dann getan; aber da war sie tot.

Sie hatte diese aussichtslose Schlacht ein ganzes Berufsleben lang getanzt, hatte ihr Publikum begeistert, in Hochform, wie sie war, mit dem Todesstoß unerwiderter Liebe im Herzen. Am Ende erschien sie vor dem Vorhang und dessen imperialem Faltenwurf, sank mit der Noblesse einer Assoluta in sich zusammen und verharrte in der Pose eines weißgefiederten kleinen Punktes. Bedroht vom Lärm des Beifalls taumelte sie zurück in die Kulissen.

Das Bild der noch im Schlaf meinen Arm haltenden jungen Frau kehrte in mein Bewußtsein immer dann zurück, wenn mich Schuldgefühle plagten wegen meiner (das Leben lästernden, wahrscheinlich, wie ich fürchte-te, längst krankhaften) Gewohnheit, in keiner Lebensge-schichte irgendeiner Person mehr sein zu wollen als nur eine Nebenfigur. Warum Erinnerungen zurücklassen, die zu deuten die meisten Menschen unfähig wären? Trotz-dem kam ich in ihre Garderobe. Schwer wäre es dort nicht, mich in jenen Rebellen zu verwandeln, der dabei ist, eine Prinzessin zu rauben, aber ich starrte auf ihre vom Spit-zentanz geschundenen Füße wie in eine Wunde, die sie massierte, und trauerte, während sie Witze riß. Sie lachte, ich verstummte – und war wütend über jedes Wort, das sie an mich richtete. Nur wenn ich mich kalt stellte, wenn die Kostüme und Spiegel eine andere, abstrakte Ordnung einnahmen, spürte ich die Genugtuung eines Glücksge-fühls, das keiner Intimität bedurfte, schon gar nicht deren Veredelung durch Sehnsucht. Ich revanchierte mich trotz-dem im Alleingang, von klein auf für meine Schwärme-reien immer nur verlacht worden zu sein. Ich kippte die Gegenwart (mitsamt Datum und Uhrzeit) in die Welt je-nes Jünglings, der ich gewesen war, und der, dreißig Jahre später, seine Umgebung noch immer mit dem Stadtplan seines (fast noch in Kinderschrift abgefaßten) Tagebuchs absuchte.

Nohál war diskret, um es höflich zu sagen; eigentlich aber war er, als er davon erfuhr, gelangweilt von der Sache. Er fand es unnötig, das Leben und die Kunst zu vermi-schen. Der allgemeine Mischmasch war ja ohnehin schon unerträglich genug. Einmal hatte er Muscheln zubereitet, und ich, um die Prozedur der Tellervergabe zu überbrük-ken, hatte beiläufig erwähnt, ich, sie und ich, würden für zwei Wochen zum Faulenzen nach Griechenland fliegen. Er zählte die Muscheln weiter, die er in die Teller schöpf-te. Keine Frage. Keine Neugier. Keine Anspielung. Kein Wort, nicht einmal ein kurzes Aha. Seine Loyalität galt der Tänzerin, allenfalls dem Zustand ihrer Tagesform. Alles andere langweilte ihn. Es war das Gelingen interessant, zum Beispiel das Gelingen seiner Weinsauce, einem Sud nach dem Rezept eines befreundeten Franzosen. Dagegen war der Verdauungsvorgang uninteressant. Es war der Gaumen, nicht der Magen interessant. Die Zeile eines Gedichts war interessant, nicht der Bleistift, mit dem sie verfaßt wurde. Griechenland war interessant, o ja, aber nicht eine Reise mit ihr dorthin. Daß sie in einem Badeanzug langweilig sein müsse, hätte allerdings auch mir früher einleuchten können. Sie war eine Nervensäge, und jede Nacht war sie die letzte, die die Taverne verließ. Sie war, biblisch gesprochen, eine Quelle großen Unbehagens. Während ich, auf dem Rücken liegend, die Arme hinter dem Kopf verschränkt, den Sternenhimmel anstarrte, kriegte sie sich nicht ein wegen der Fischpreise. Bei der ersten Sternschnuppe, die mir auffiel, wünschte ich sie zum Teufel. Daß mein Wunsch unerfüllt blieb, hörte ich, als sie die Währungen verrechnete und drauf und dran war, mich zu beschimpfen. Tagsüber beschimpfte sie die Ameisen. Ein Flohstich war die Sonne nicht wert, die sie wärmte. Ins Meer ging sie nicht zum Schwimmen, sondern zum Plantschen. Sie sehen, sie war auf lästige Weise glücklich. Der furchterregend trostlose, klägliche Schrei eines Maulesels war der richtige Kommentar für die sechs Tage, die ich der Langeweile standhielt; und schon die hatte ich gezählt wie Nohál die Muscheln.

Als ich mich bei ihm zurückmeldete, werkelte er gerade wieder in der Küche an einer, wie er das nannte, florentinischen Mönchssuppe. Und wieder: keine Frage, keine Neugier, keine Anspielung, kein Wort, nicht einmal ein Wort des Tadels, über gewisse Dummheiten noch immer nicht erhaben zu sein.

5

»Nachts nimmt man mit besonderer Intensität die Unbeweglichkeit der Gegenstände wahr ...« zitierte Nohál irgendeinen Schriftsteller. Um diese Zeit klingelte dann regelmäßig das Telefon. Alles schlief hier schon. Sie käme, sagte sie, in einer Stunde vorbei. Und sie kam dann auch, zwei Stunden später. Und sie war nicht nüchtern. Aus alter Freundschaft ließ er sich das noch einige Male gefallen, machte dann aber deutlich, für diese Art Therapie nicht mehr zur Verfügung stehen zu wollen. Auch ihre Einladungen lehnte er ab.

Sie hatte, wie wir später gemeinsam zu rekonstruieren versuchten, mit ihren Partys wohl vorgehabt, sich ein Sicherheitsnetz zu knüpfen, das ihren bedrohlich freien Fall abbremsen, wenn nicht stoppen sollte, eine Bruderschaft mehr oder weniger illustrer Figuren, auf die sie hoffte zurückgreifen zu können, bevor wieder ein Schub namenloser Traurigkeit sie ins Bett verbannte, wo sie, eine Flasche in Reichweite und in der Hand eine Zigarette, das Zimmer im Blick hatte, wo es nichts Lebendigeres zu besichtigen gab als halboffene, von Programmheften, Briefen, Alben und Zeitungen überquellende Schubladen. Es klappte zu Anfang ganz gut, aber das Interesse ließ dann rasch nach. Niemand wußte so recht, wie man sich in der Enge einer bedrückenden Zweizimmerwohnung vergnügen könnte. Es gab keinerlei Gemeinsamkeiten. Es gab auch kein Interesse, sie entstehen zu lassen. Einer nach dem anderen setzte sich ab, einer Rolle überdrüssig, die dem Drehbuch eines mittelmäßig begabten Psychiaters entnommen sein mußte – und die nur zum Zusammenprall unverwundbarer Selbstdarsteller führte.

Mit den Stammtischgelagen im Hause Noháls ging es mir schnell ebenso. Er bewohnte damals eine Altbauwohnung, deren Zentrum zwei große, ineinander übergehende Räume waren, mit einem Hausaltar in Form eines Steinway-Flügels. Hatte man Pech, griff der Hausherr selbst in die Tasten und machte, nicht ohne die Übertreibungen pianistischer Allüren, Hackfleisch aus den Notenblättern, in die er starrte. Es war überdurchschnittlich mutig, wenn nicht unverfroren, was er da tat, denn eigentlich liebte er Musik ja, vor allem Klaviermusik – und rücksichtslos seinen Zuhörern gegenüber war es natürlich allemal. Nein, Nohál glaubte an seine Begabung und die Fähigkeit seiner Finger, die Tasten zum Gehorsam zu zwingen. Konnte es sein, daß er auch schlecht hörte? Schlammgrau im Gesicht träumte er von dem gelobten Land, wo sich Pianisten in musikalische Flüssigkeit verwandeln. Er schwamm bereits und ging, wenn ich ein Urteil fällen darf, unter.

Die übrigen Gäste waren anderer Meinung. Sie hatten nicht nur die ganze Zeit mit komisch ernsten Gesichtern dem Massaker zugehört, sie baten um eine Zugabe. In den Beifall mischten sich anerkennende Worte über seine unvermutet entfesselte Spielkunst und den runden Klang des Instruments. Man sprach auch danach noch über Musikalisches, plauderte über die Einzigartigkeit einer Stadt wie Wien (die meine nautische Nymphomanin und närrische Neurotikerin abtat als, wie sie es nannte, »Versuchsanstalt für Vergangenheit«; nein, entschied sie und schloß, als agiere sie vor Publikum, die Augen, Wien sei nicht jung genug, nie jung gewesen, nicht einen Tag, und inzwischen ja auch ohne Zugang zu einem Mittelmeerhafen), über (besuchte oder verpaßte) Konzerte oder Kunstausstellungen – bis ich mit meiner Nachsicht, auch was die anderen anwesenden Blaustrümpfe betraf, am Ende war.

Die Tänzerin hatte sich Nohál inzwischen erfolgreich vom Halse geschafft. Sie verkam immer mehr, rettete sich, von ihren Geschwistern überredet und von ihnen persönlich eingeliefert, in Kuraufenthalte, von wo sie auch mir manchmal noch die eine oder andere Ansichtskarte zukommen ließ, und ließ sich endlich auch die Hüfte operieren. Es war aussichtslos. Und sie wußte auch, daß es so war. Es ging dann nur noch um ihre Unkündbarkeit als langjähriges Mitglied der Staatsoper, an die sie als vierzehnjährige, fanatisch fleißige, federleichte Elevin verpflichtet worden war.

Wir vergaßen sie allmählich, auch ich. Schließlich die Todesanzeige, eine der Angehörigen, eine zweite der Staatsoper. Ich beschloß, schon um Nohál zu begegnen, an der Beerdigung teilzunehmen. Viele waren nicht gekommen.

Man sollte einen Film über Bühnenpförtner drehen, gab Nohál zum Besten, als wir von der Aussegnungshalle den weiten Weg zur hinteren Begrenzungsmauer des Friedhofs gingen, wo man ihr ein von ihr selbst ausgesuchtes und vor ihrem Tod noch bezahltes Grab ausgehoben hatte. Ich weiß nicht, ob es seinen Augen zuviel zugemutet gewesen wäre, Tränen zu vergießen, aber seine Bemerkung hatte, wie sich herausstellen sollte, etwas Prophetisches. Fast wäre auch ihm (ein Stadttheater versprach sich von einer Operninszenierung seiner Hand die einmalige Chance einer Sensation) die Bühne zum Verhängnis geworden, genauer gesagt, ein Nagel, der sich gelöst und aus dem Holz der Bodendielen befreit hatte. Zur Abwechslung landete er einmal *nicht* auf dem Operationstisch eines Augenspezialisten. Zur rechten Zeit war also ein Nagel klug genug, sich ins Schicksal einzumischen und seine Rolle so gründlich zu spielen, daß daraus nichts wurde. Nohál war kein Zwangsarbeiter, zuständig für branchenübliche Sensationen. Nach ihm sollte niemand fragen.

Mich hatte ihr Begräbnis mitgenommen, aus vielerlei Gründen, auch wenn man der Sache ansah, daß sie nicht viel mehr war als die tagtägliche Wiederholung eines Stundenplans, der auf Friedhöfen den ordnungsgemäßen Ablauf regelt. Es kam auf die Tote nicht an, und nicht auf Tränen. Und die Lebenden dachten am Ende praktisch: noch waren sie ja lebendig. Während Nohál noch in der Aussegnungshalle an der Einspielung eines langsamen Satzes eines Streichquartetts herummäkelte, weil es da, wie er mir zuflüsterte, musikalisch weitaus bessere Aufnahmen auf dem CD-Markt gebe, dachte ich an die Leiche, die im Sarg lag, an den graugeschrumpften kalten Körper, der getanzt – und den ich geküßt hatte. Mir wurde schlecht vor Scham.

Was gab es zu beschönigen? Ich war nicht in sie, ich war in mein Interesse verliebt gewesen, eine Tänzerin zu lieben. Ich war in einen Traum meiner Pubertät verliebt. Mir war die Frau, die mich dann liebte, gleichgültig. Ich betrog sie noch in der intimsten Berührung mit Bildern von ihr, die mich keine drei Stunden zuvor auf der Bühne fasziniert hatten. Ich war in dem, was ich ihr vorenthielt, wie in dem, was mir zu tun einfiel und gefiel, ebenso feige wie größenwahnsinnig. Sie war die Probe aufs Exempel, mehr nicht. Ich war verrückt nach ihr nur, sobald uns im Theater dreißig Meter Luftlinie trennten, sie oben, ich unten. Schon in der Garderobe verwirrte mich wieder die Langeweile. Ich war weiter nichts als der übelste Schuft, der den sterbenden Schwan erobert hatte und mit ihm abschwirrte und die obszöne Gelenkigkeit ihres Körpers rekonstruierte, während ich den Autos zuhörte, die unten vor ihrem Haus einparkten. Sie hatte die Schweißperlen jetzt auf der Nase, roch noch immer nach scharfen Peperonis, die sie nach jeder Vorstellung verschlang und mit Champagner runterspülte, und neigte, sobald sie in Atemnot geriet, zum Schluckauf. Das einzige Gesicht, dachte ich, auf dem selbst Sommersprossen nicht wirken.

Ich kostete den Triumph meiner Schandtat einige Monate aus und verlor dann, plötzlich und ohne den geringsten Anlaß, mein Interesse. Ich zwang mich nicht einmal, meine Gleichgültigkeit mit Ausreden zu tarnen. Und sie war unfähig, sich zu wehren. Sie war wieder verlassen worden. Daran erinnerte sie sich. Sie war wieder allein. Sie suchte wieder den Fehler, der alles immer verdarb.

6

Er langweile sich keine Sekunde, ließ er mich wissen, vermisse aber die bacchantischen Abendunterhaltungen, meine Unverschämtheiten und die Illusion von Schwerelosigkeit, die sich nach Mitternacht einstelle. Ja, seine Nächte. Nohál war dann in seinem Element, wenn er die unterbrochenen Kontakte zum Universum aufnahm und angesichts der Unendlichkeit aller vorstellbaren Entfernungen kein Verbrechen darin sah, sich der Unbeweglichkeit eines Schlafenden und der Tatenlosigkeit eines Träumenden anzuvertrauen. War das nächtliche Gespräch nicht die Keimzelle einer Gedankenreihe, die sich aufmacht, die Handbewegung einer Frau, der wir zufällig begegnen, bis in alle Sternenräume hinein weiterzuverfolgen? Ihre Haare verknüpften sich mit der Substanz des Sonnenlichts, die ein Wind weitertreibt über die Dächer der Stadt, bis unter die Tragflächen der Flugzeuge. Dann war die Luft gesättigt vom Leuchten wiedergewonnener Lebensfreude.

Mit dieser Art seliger Unzurechnungsfähigkeit war ich wohl vertraut. Sie gehörte immer schon, und bis heute, zu meinen Lieblingsbeschäftigungen. Nächtliche Gespräche, die ich am liebsten mit mir selbst führte, waren an der Tagesordnung, seit ich denken kann. Die Melancholie erschien mir schon als Kind wie ein mich beschützender Himmel, auch wenn natürlich eine Menge Bosheit in meiner Weigerung lag, einfach der brave, aufgeweckte Junge sein zu wollen, der ich war. Ich las Detektivgeschichten, schlief gut und sparte das Taschengeld, um, wenn es soweit sein sollte, zum Mond fliegen zu können. Ich war so ungern jung, als ich jung war, daß ich mich weigerte, mich zu verlieben und alles mit Zöpfen ins Paradies zurückwünschte, in ein Paradies ohne Apfelbaum. Ich selbst hätte mich am liebsten in ein Kloster begeben, mit einem Stapel Schallplatten und einer Plastiktüte voller Krimis unterm Arm. Es war das reinste Vergnügen, tatenlos den Tod abzuwarten, in dem sich alles auflösen würde. Mein Gemütszustand war schon damals das Ergebnis einer mutwillig herbeigeführten Lähmung aller Lebensgeister. Eine Woche lief ich als Stein herum, eine andere als Schraube. Ich arbeitete an einem System, nicht leben zu müssen, unter Vermeidung der Selbsttötung. Mit lebensbedrohender Heftigkeit unternahm ich Versuche der Nahrungsverweigerung, und das nur dem Genuß zuliebe, einer Neuerfindung der Welt beizuwohnen. Ich kam erst wieder zur Besinnung, als ein Arzt meine Schläfen abklopfte. Aber genau das träumte ich gerade. Es klopfte draußen. Ich ging zur Tür, um zu öffnen – und öffnete statt dessen die Augen.

Nohál kannte sich natürlich aus in den Komplikationen dieser Sehnsucht, die keinen Namen hat, mich aber bis heute beeindruckt und beunruhigt. Er redete selbst gern darüber. Nichts anderes als Selbstgespräche waren auch die Filme, die er gedreht hatte, verlangsamte, verstummende Gespräche der Seele, dargestellt mit der unbeschädigten Ungezwungenheit meist blutjunger Mädchen und Jungen, die er wie Gemälde choreographierte. Kinderszenen in der Verborgenheit leerer Kirchenräume, stillgelegter Friedhöfe, kleiner ärmlicher Kammern. Im Grunde war Nohál ein Archäologe des Unsichtbaren und der Stille, den aber nie der Übermut verließ, Witze zu machen. Ich erinnere mich an die Katze, die sich aufmacht, ein Konzert Clara Haskils zu besuchen – und aufmerksam vor den geöffneten Fenstern eines Schlosses draußen im Gras sitzt und dem Klavierspiel der greisen Pianistin zuhört. Nohál nahm sich viel Zeit, seiner Katze zuzuschauen, wie sie zuhörte. Irgendwann, aber wie sonderbar, wurde sie Charlie Chaplin immer ähnlicher, jenem Chaplin, der Clara Haskil, als er hörte, sie besitze kein eigenes Instrument, einen Konzertflügel schenkte. Eingezwängt in zu enge Stuhlreihen und bedroht von den Ellenbogen der Nachbarn denke ich in Konzerten oft an Noháls Katze, die noch heute manchmal, wie die Leute sich erzählen, über den Friedhof stolziert, um sich auf der von der Sommersonne gewärmten Marmorplatte zu räkeln, unter der die Haskil (zusammen mit ihren zwei Schwestern) begraben liegt. Ob sie noch immer zuhört?

Nohál war, schon vor seinem Sturz, ein blinder, offenbar rasch alternder Mann. Auch seine Nasenhaare waren ergraut. Er sah fast nichts mehr und nur hin und wieder bewegte er sich noch (zum Beispiel in die Küche, eine nächste Flasche Wein zu entkorken, zumal dann, wenn keine weibliche Hilfskraft zur Hand war). Mehr und mehr hielt er nur noch Hof. Er wohnte nicht, er residierte – ein Pascha, wo immer er sich gerade aufhielt. Das hatte natürlich hinreichend praktische Gründe. Es war ihm unmöglich, bei künstlichem Licht zu lesen. Die Tagesarbeit war getan. Fernsehen strengte seine Augen an. Briefe diktierte er, und zwar nach dem mittäglichen Frühstück. Was aber sollte Nohál mit den Abenden anfangen? Er brauchte Gesellschaft – und die hatte ich ihm viele Jahre hindurch ausgiebig geleistet. Dann aber wurde er, und das immer häufiger, auf großväterliche Weise umständlich und, wie ich feststellte, sogar herrschsüchtig. Ich erinnere mich, wie ich einmal gegen halb neun abends zur verabredeten Zeit bei ihm erschien, mich aber gleichzeitig dafür entschuldigte, dieses Mal nicht länger als etwa drei Stunden, also bis Mitternacht ungefähr, bleiben zu können. Er schaute mich an (wenn man es so nennen kann!), wurde prompt unwirsch, meinte, ich hätte ihm das schon am Nachmittag mitteilen und deshalb gleich absagen müssen, denn es sei ja jetzt so gut wie ausgeschlossen, eine andere Person zu sich zu laden, die bestimmt bliebe, bis man ohnehin schlafen gehe. Ich verstand damals, wie sehr ihn bedrückte, noch wach und ohne Gesprächspartner zu sein. Trotzdem hatte ich keine Lust, ihm länger als drei Stunden am Tisch gegenüber zu sitzen, wenn es nur eine Frage von Minuten sein konnte, bis er anfing, von schönen Frauen zu schwärmen. Warum bringen Sie nie eine Ihrer schönen Freundinnen mit, war eine seiner immer wiederkehrenden Fragen an mich, auf die er, wie ich wußte, gar keine Antwort erwartete. Es gehörte einfach zu seinem Verständnis von Gemütlichkeit und Wohlbefinden, die Existenz schöner Frauen nie unerwähnt zu lassen. Die Brennwerte seiner eigenen Leidenschaft, was die Schönheit der Frauen betraf, illuminierten eine Seelenlandschaft, der allenfalls eine Kamera näherrücken durfte. Sie standen im Drehbuch, waren Teil einer erdachten Geschichte, waren ein Lichtstrahl, der mehr verhüllte als bloßlegte. Alles, was ihn interessierte, war Inszenierung, Illusion, geheime Bewunderung für die windstille Symmetrie jener Heiligenbilder, als deren Meister er Giotto verehrte.

Schön und gut, dachte ich und schaute auf die Uhr. Ich hatte es schon lange aufgegeben, seine Aufmerksamkeit auf die Neuigkeit zu lenken, daß es auch Frauen aus Fleisch und Blut gab, die alles andere waren als meine Erfindung.

Über alles, was ich möglicherweise hätte erwidern können, nahm er das Urteil vorweg, indem er auf dem Schattenwurf beharrte, den der weibliche Körper unserer Welt als dessen schönstes Rätsel hinzufügte, und dessen Umrisse er mit dem Finger nachzeichnete wie ein kriegführender General die Demarkationslinien verminter Feindgebiete.

Das alles war nun Vergangenheit. Nohál hatte es jetzt erst einmal mit seiner Genesung zu tun, mit blankpolierten Krankenschwestern und dem Mißgeschick, ihnen ausgeliefert zu sein.

Ich las die Karten und Briefe, die alle mit grüner Tinte abgefaßt waren, mit Vergnügen. Er schien in allem, was er dachte, verjüngt. Die Kompaßnadel seiner Einfälle zitterte wieder hin und her. Ungestört von jeder Unterbrechung, die ein Gesprächspartner ihm bereiten konnte, überließ er sich seinen Eingebungen, die, nach manchen Anzeichen zu urteilen, dem selbstgefällig leisen Gemurmel eines (so oft zur Untätigkeit verdammten) Genies ähnlicher waren als den Späßen eines intellektuellen Zeitgenossen. Die Dunkelheit, in der er lebte, hatte seine Erinnerungen inzwischen offenbar derart verwandelt, daß sie der Gegenwart an Aktualität überlegen waren. Ich bin sicher, er hörte ausgiebig Musik, hörte sie, wenn er eingeschlafen war, in der Orchestrierung vielstimmiger Chöre, und hielt Ausschau nach Nausikaa – und sah sie; ich nehme an, in Gestalt einer Nachtschwester.

Ich fing an, ihn zu vermissen. Und erinnerte mich, wie ich einmal in seiner Wohnung mit ihm am Fenster stand, nach draußen in den Regen schaute und meinte: Genau das richtige Wetter für Melancholiker. Ich bitte Sie, mein Lieber, ermahnte er mich, wir sollten besser Regenschirme verkaufen gehen.

Ein Besuch an seinem Krankenbett hätte mich eine Tagesreise mit dem Zug gekostet, nur um dann – ich kannte ihn ja – hören zu müssen, ich hätte mir die Mühe sparen können. Er war beneidenswert unsentimental; und eine altmodische Höflichkeit untersagte es ihm, Zeugen den Zugang zu seinem Privatleben zu gestatten, schon gar nicht, wenn der Hauptdarsteller im Schlafanzug steckte – mit einem eingegipsten Bein am Galgen.

Anzunehmen war freilich, daß Nohál auch als Invalide nicht darauf verzichten würde, seinen Aufenthalt mit zeremonieller Feierlichkeit auszustatten. Alles funktionierte sicher auch in der Klinik; die abwechselnde, genau durchorganisierte Anwesenheit seiner Mitarbeiterinnen, die ihn mit dem Nötigsten (Musikkassetten, Erdbeeren und Nachschub an Zeitungen und Literatur) versorgten, wobei er sich längst darauf verlassen konnte, daß sich keine für unersetzbar hielt. Auch wenn mir vieles unverständlich blieb an diesem Arrangement, sah ich doch ein, wie unerschütterlich dieser Mann noch immer seine Ziele verfolgte.

7

Nun raten Sie mal, lieber Urbanek, wer mich schließlich ins Krankenhaus gefahren hat, schrieb er mir im ersten seiner ausführlichen Briefe. Sie werden lachen, der Bühnenpförtner! Ich lachte nicht, fragte mich aber, ob er seine kuriose Bemerkung, die er beim Begräbnis der Tänzerin hatte fallen lassen, nun erst recht zum Anlaß für eine dokumentarische Phantasie über das Niemandsland zwischen Bühne und Straße nehmen würde, eine Meditation über die Irrwege ins eigene Schicksal?

Als der Mann von dem Sturz informiert und gebeten worden war, sofort einen Krankenwagen zu rufen, klappte irgendetwas mit dem Telefon nicht. Er schüttelte das Ding, was aber so wenig half wie die Beschimpfungen, mit denen er sich Luft verschaffte. Inzwischen waren die Theaterleute dabei (viel zu viele, wie ich schmerzhaft zu spüren bekam), mich in die Ecke vor seiner Pförtnerloge zu betten. Dort lag ich dann, während der Mann weiter das Telefon traktierte. Mir war schlecht vor Schmerzen; und wahrscheinlich habe ich gräßliche Laute von mir gegeben. Sie müssen wissen, daß der Schock dieses Sturzes natürlich auch meine Augen in Mitleidenschaft gezogen hat. Eine leichte Ablösung der Augenlinse, die zu einem erhöhten Druck auf die Netzhaut führt, ich kenne inzwischen die Details. Das Ergebnis waren Lichtblitze in vollkommener grauer Finsternis. Auch das kenne ich auswendig. Angenehmer aber wird es dadurch nicht. Dem Bühnenpförtner wurde die ganze Sache dann zu dumm. Er verstaute mich in seinem Privatwagen und kutschierte mich ins nächste Krankenhaus. Ich weiß nicht, ob er mich ablenken oder trösten wollte, jedenfalls drehte er sich bei jeder Ampel, die uns den Weg versperrte, zu mir nach hinten und erzählte, daß ich nicht der erste sei, der im Orchestergraben gelandet wäre. Das Ganze sei also nicht weiter tragisch, meinte er gutmütig, die übliche Geschichte eben.

Der Rest seines Briefes galt, völlig überraschend, dem Wunsch, ich möge mir doch einmal Gedanken über eine gemeinsame Arbeit machen. Irgend etwas von gegenseitigem Interesse. Wie es, schlug er vor, mit etwas über die »Ekstasen der Melancholie« sei?

Ich habe diesen Brief noch lange, monatelang mit mir herumgetragen, so kostbar war mir sein Inhalt. Ich fühlte mich geschmeichelt. Näher, das war klar, würde ich einer Neunten nicht kommen können. Die Idee gefiel mir. Mir gefiel auch das Risiko, mit einem womöglich unterirdisch bereits Wahnsinnigen zu tun zu bekommen. Einem Gedankenvirtuosen im Rollstuhl, den die Verlockung auf Trab hielt, der eigenen Bewegungslosigkeit durch Luftgeister beikommen zu können. Was wäre eine größere Herausforderung als eine letzte vergnügliche Unterhaltung mit Gott zu beginnen und sich dafür mit einer Komödie zu revanchieren (*tutto nel mondo è burla*, seinem Gastgeschenk beim Überschreiten der himmlischen Schwelle), einem Finale über das Schauspiel allen Lebens, inszeniert mit kopfschüttelnder Heiterkeit, vergleichbar nur den letzten Worten, die einer ins Ohr eines Sterbenden spricht. Ich stellte ihn mir vor, wie er seine Mitarbeiter mit Bemerkungen wie dieser verblüffte: der Drehort der kommenden Woche sei der Bauch einer Katze. Jedem war klar, daß er meinte, was er da sagte, obwohl keiner verstand, was er damit hatte sagen wollen. Sie schauten einander an. Nohál genoß die Ratlosigkeit, mit der sie seinem Blick auswichen. Oder, schlug er vor, Sie machen mir einen besseren Vorschlag, meine Herren, aber irgendwo muß die menschliche Seele schließlich zu finden sein. Das war einleuchtend – nur wo? Der Kameramann war der Erste, der seine Fassung wiederfand und darum bat, den Drehort in Buddhas Bauch zu verlegen, weil der einfacher auszuleuchten sei. Wenn das nicht ein Beispiel heldenhafter Arbeitsmoral ist! Einleuchtend, befand Nohál, ich werde mir das bis morgen überlegen, und auch, welche Nationalität die menschliche Seele hat. Haben Sie Lust, sich ebenfalls zu informieren? Es war alles andere als unwahrscheinlich, daß der eine oder andere nicht einfach nur Lust hatte auf einen doppelten eiskalten Wodka, und danach auf noch einen.

War ihm zu trauen? Machte er Witze? Oder war nur ich es, der phantasierte? Nicht zu leugnen, ich tat es tatsächlich ausgiebig. Und begann, vor lauter Freude, schlecht zu schlafen. Sie sehen, sein Brief war unfair.

Die drei, vier unvermeidlichen Haremsdamen jagten mir keine Angst ein. Ich hatte inzwischen den Ausdruck ›die Damen mit dem hohen Zahnfleisch‹ für sie erfunden und eingeführt, erfolgreich sogar. Selbst Nohál nickte zustimmend – und hatte dann sogar noch einen draufgesetzt mit seiner Bemerkung, an mehr Fleisch sei er auch nicht mehr interessiert.

Was waren seine Gedanken, was seine Hintergedanken? Spukten ihm wieder Wien und die Wiener, diese Ureinwohner der menschlichen Seele, im Kopf herum? Hatte er nicht zuletzt auffallend häufig (und leider ebenso häufig falsch) Sonaten von Schubert gespielt? Schluß mit Mozart! Mozart hatte er hinter sich, erzählt in vier Stunden auf Zelluloid. Ich bewunderte den Film. Allein für diese Arbeit hätte er einen Engel verdient, wohin die Reise nach dem Tod auch mit ihm gehen mochte. Ein Film mehr über Amadée als über Amadeus, mehr über das namenlose Wunder seiner Begabung als über das Wolferl. Und die Kutschen, in denen das Kind saß, fuhren im Tempo von Menuetten über Stock und Stein, und es dauerte trotzdem seine guten sechzehn Stunden von Salzburg nach München – während commandante Amadeus mit der Geschwindigkeit eines Laserstrahls die Hitlisten aufmischte.

Ich hatte keine Ahnung, worauf er hinauswollte, als er mich an meine eigenen Worte erinnerte. Eine Andeutung, mehr nicht. Typisch Nohál. Die Art, wie er die Wünschelrute warf, gehörte zu den einnehmenden Eigentümlichkeiten seiner Intelligenz, die zwar ganz und gar nicht meinem Temperament entsprach, mir aber immer imponiert hatte. Er war ein Meister der Suggestion. An seinen besten Abenden hielt die Wirkung bis zum Morgengrauen an.

Da er genug Zeit in Krankenzimmern hinter sich hatte, kannte er die Technik der Tropfinfusion – und ihre erwünschte Wirkung. Sie entsprach seinem Gefühl für die Vorzüge der Langsamkeit. Ein Ziel durch Abkürzungen erreichen zu wollen, widerstrebte ihm. Da trat er lieber, und das noch abseits auf Umwegen, auf der Stelle, sich umschauend nach allen Richtungen, in die sich zu verirren ihm gefallen könnte. Wenn es überhaupt ein Ziel geben konnte, war es auf die gleiche Weise beweglich wie die Bewegung seiner Schritte, die ihm entgegen gingen. Es seien die Rhythmen der vergehenden Zeit, die über Traurigkeit, Verzweiflung und Melancholie entschieden. Oder, lachte er, über Freude, Gelächter und Glück.

Da, nimm, ein Komma! Mach daraus einen Satz …

Nahm man diese Aufforderung an, befand man sich schon bald mitten in einem Gespräch, wobei weder dessen Verlauf noch dessen Tonfall darauf hindeuteten, es ginge um irgendetwas Bestimmtes. Es wurden weder Meinungen ausgetauscht noch Ansichten diskutiert. Einem völlig Uneingeweihten hätte beim Zuhören der Einfall kommen können, der Doppelstimme einer Halluzination zu lauschen. Keiner von uns (vorausgesetzt, wir blieben von plötzlich auftauchenden anderen Gästen ungestört!) hielt irgendwelche logischen oder vernünftigen Regeln ein. Wir waren von der Wichtigkeit, nicht von der Nützlichkeit unserer Argumente überzeugt, die sich alle anhörten, als verdächtigten wir unseren Verstand unzureichender Kompetenz beim Verstehen der Welt. Wir nahmen uns das freche Recht heraus, sie durch grün-fluoreszierende Pupillen zu betrachten – eine Augenfarbe, die auch wir vorher nicht kannten.

So saßen wir nächtelang zusammen, schossen unsere

Munition ab gegen die Banalität, und tranken, rauchten und warteten, bis sich der Pulverdampf verzogen hatte.

Wir sahen wieder, was vor uns schwebte, was uns vorschwebte. Eine Kunst Schlafender, wie Nohál es nannte. Daß das Richtige zuletzt ohne unser (wie auch immer geschicktes) Zutun geschieht, davon war er überzeugt.

Nohál zitierte mit nicht nachlassender Bewunderung einen Schriftsteller, der »von diesem langen Sonnenuntergangsschatten der ureigenen Wahrheit« geschwärmt hatte, womit er sagen wollte: auf Tageslicht ist das, was mir vorschwebt, nicht angewiesen.

Dann aber war uns regelmäßig der Wein zu Kopf gestiegen. Der Campanile gegenüber schlug eine frühe Stunde. Zigaretten waren auch keine mehr da. Ich machte mich dann mit irgendeinem rätselhaften Satz im Gedächtnis auf, nach Hause zu kommen – was ausgesehen haben muß wie bei einem, der sonst auf Bäumen zu Hause ist.

Der Brief aus dem Krankenhaus hatte den Vorteil, daß mich nichts zwang, mich sofort an die Arbeit machen zu müssen. Seine Genesung würde Zeit brauchen. Waden- und Schienbein, das Knie, die Netzhaut – da gab es jetzt jede Menge zu reparieren! Aber klar war auch: nach dreißig Jahren einer Existenz ganz am Rande der Erblindung hatte zwar seine gute Laune nicht gelitten, die Radikalität seiner schöpferischen Kraft aber hinaufkatapultiert zu einem Höhepunkt kompromißloser Ansichten.

Der, der nichts mehr sah, hatte Visionen.

Eine Woche später erhielt ich mit der Post ein kleines, dünnes Buch, Georg Büchners »Leonce und Lena«, das Fragment einer Komödie. Nur, schrieb er dazu, was mit Lena anfangen?

Da hatte er recht. Leonce hat sie schon satt, noch bevor er sich in sie verliebt. Sie werden sich in Stücke reißen. Ich bedankte mich umgehend mit einer Postkarte. Schlage vor, es gab nie eine!

In den folgenden etwa acht Monaten konnte ich anhand seiner Post die Route seiner Rekonvaleszenz verfolgen, von den Städten (Operationstische) in die Provinz (Gymnastik bei offenen Fenstern), hin und zurück. Ich erfuhr, welche Fortschritte durch Rückschläge annulliert worden waren, daß er sein Knie nur durch gezielte Therapie retten könne, was bedeute, daß er es bewegen müsse – und er die Briefe und Postkarten diktiere. Wir verhandelten weiter über unseren Prinzen, über die Liebe, das menschliche Glück und das Unglück der Menschen. Auf einer randvoll beschriebenen Postkarte kam er noch einmal auf Lena zurück. Träumt denn nicht jedes Mädchen davon, eine Prinzessin zu sein? Bei natürlich und gesund verlaufender Entwicklung gibt sich das dann. Sie vergessen den Unsinn. Nicht so Lena. Wie jedes Waisenkind hat sie Angst, ungeliebt leben zu müssen. Aber noch größer ist ihre Angst, die Welt nicht angemessen bestrafen zu können für die Schande ihrer Geburt. Kann, wenn nicht Gott, so doch Gold helfen, sie glücklich zu machen? Sie sehen, nicht uninteressant!

Mir gefiel der Gedanke, Lena nicht mehr als eine Nebenrolle zu gönnen. Genügte nicht ein Prinz und ein Narr? Ich stellte in meiner Erwiderung gleich noch weitere Fragen. Sind Liebesgeschichten nicht nur Fälschungen eines Originals, das als verschollen zu gelten hat? Sind Zufälle, die zu nichts führen, nicht weitaus komischer als krachende Überraschungen? Noch ein Wort zu Lena. Ist es nicht wahrscheinlich, daß sie sich längst in seiner Nähe aufhält und dort auch das Kichern schon erlernt hat (diese Erkennungsmelodie unbegabter Dienerinnen der Liebe)? Ist sie nicht gerade dabei, in sein Zimmer zu treten? Und was, bitte, können wir tun, Leonce vor ihr zu beschützen?

8

Wo Nohál steckte, war unklar. Ob ihn meine Post erreicht hatte, auch.

Ich mußte mich aber doch irgendwann hingesetzt und den Anfang unseres Films skizziert haben; jedenfalls fand ich zwei alte, mit Bleistift beschriebene Seiten wieder. Ich werde ihm die Szene zukommen lassen, sollte ich je wieder von ihm hören. Sie spielt im übrigen nach Sonnenuntergang – nach Noháls Zeitrechnung das Zentrum aller Aktualität und Herz jeder Wahrheit.

Ort der Handlung ist ein Schloß, das Leonce wohl nur aus Faulheit noch nicht in die Luft gesprengt oder wenigstens verlassen hat. Wir sehen ihn, wie er an einem Tisch sitzt (sic!) und ein Kartenhaus baut. Mag es zuerst so aussehen, als vertreibe er sich nur die Zeit, so täuscht der Eindruck. Zu seinem Zeitvertreib hat er Mätressen, viele, verschieden an Alter, Schönheit und Körpergewicht. Aber verrückt danach, sie oft zu sehen, scheint er nicht zu sein. Liebe, jede Art von Liebe, scheint ihn zu langweilen. Mehr noch: es würgt ihn die sanfteste Berührung. Er ist, macht sich eine an ihm zu schaffen, jedes Mal einem Erstickungsanfall nahe. Seltsamerweise ruft er trotzdem nach ihnen – und wenn er nicht ruft, sorgt ein unsichtbarer Zeremonienmeister dafür, daß man welche zu ihm schickt. Das ist die Lage.

Das Ausmaß seiner Langeweile ist bedrohlich. Die Mädchen, auch wenn sie kichern, haben Todesangst. Wie soll daraus eine Komödie werden? Auf jeden Fall lebt er in dem wenig beneidenswerten Zustand andauernder Erschöpfung. Es macht nicht einmal mehr der Schlaf einen Unterschied, noch weniger Träume. Trotzdem träumt er, zum Beispiel jetzt. Leonce, das Kinn auf der Kante des Tisches, beobachtet den Turm aus einem Dutzend und mehr Spielkarten, den er gebaut hat, einen Bau aus fünf Stockwerken, zu hoch bereits, um nicht fürchten zu müssen, er fiele gleich in sich zusammen. Das Kartenhaus aber hält. Es hält auch dem Wind stand, der ins Zimmer weht – aber was heißt Zimmer, ein Raum ist das, ein Raum von der Größe eines mit Goldstukkaturen verzierten Thronsaales. Wir sehen, wie sich die Vorhänge mit den geflochtenen Kordeln wie Segel blähen. Und tatsächlich, beide Flügel eines hohen und bis zum Boden reichenden Fensters stehen sperrangelweit offen. Leonce, das wird jetzt deutlich, spielt nicht, sondern kämpft. Und wie er kämpft! Es tropft ihm der Schweiß von der Stirn. In den Augen glüht Fieber. Und draußen tobt ein Sturm. Äste schlagen gegeneinander. Im Sturzflug bringen sich selbst die Krähen in Sicherheit. Was Leonce aufbietet, ist Willenskraft. Er hat solange in den leeren Kammern seiner Tage und Nächte gehaust (wenn auch, wie wir gesehen haben, komfortabel), daß er jetzt, wo es auf jede Sekunde ankommt, wie von Sinnen ist. Wir fragen uns, nachdem wir ausgiebig genug gestaunt und alles Mitleid mit ihm abgeschüttelt haben, ob er seinen Triumph durch eine weitere Schicht von Karten gefährden wird. Noch zögert er. Leonce (auf der Suche nach welcher Information?) ist wohl selbst überwältigt vor Verwunderung – und für einen Augenblick scheint er glücklich. Aber es ergeht ihm dann doch nicht anders als allen Sterblichen. Mehr als für die Dauer eines Augenblicks ist Glück auch ihm nicht vergönnt, denn er sieht durch die Zwischenräume der aufrecht aufgestellten Karten auf eine Tür – und die öffnet sich gerade. Gleichzeitig hört er das vollkommen unschuldige Kichern einer Person, zu ihm geschickt, um ihn aufzuheitern. Der Durchzug, der durch das Öffnen der Tür entsteht, reicht leicht, alles vom Tisch zu fegen, auch das Kartenhaus.

Ich hätte natürlich gern seine Meinung dazu gehört, aber Anton Nohál blieb unauffindbar. Niemand hatte auch nur die geringste Ahnung, wo er abgeblieben sein konnte.

Dann, eines Tages – ich hatte das alles längst vergessen –, erhielt ich mit der Post einen Brief, der eine handschriftliche Adresse (nicht von seiner Hand) aufwies, aber keinen Absender. Kommentarlos war in das Kuvert – Poststempel Padua! – nichts anderes als ein Agfa-Color-Foto gelegt worden, das Nohál (ja, wirklich, er war es) auf der Paßhöhe des Brenner zeigte, stehend neben einem Fahrrad, die Arme auf den Lenker gestützt, die Hände in gelben Handschuhen. Ich untersuchte das Foto. Zum ersten Mal bedauerte ich, nicht (wie er) eine Lupe griffbereit zu haben, um die Beschaffenheit der abgebildeten Person genau prüfen zu können, die Farbe der Haut, die Form der Muskulatur, das angedeutete Lächeln auf der prallen Oberfläche eines unbändigen Stolzes, der sein Gesicht ausfüllte. Er trug eine Sonnenbrille – und schien sich zu gefallen.

Auf dem Graben

Gisela Wenkums gewidmet

Auf dem Graben kam mir eine Frau entgegen, das Gesicht
gepudert, die Wangen bis zu den Ohren mit Rouge be-
stäubt, als habe sie nicht die Farbe des Flieders, sondern
deren Duft aufmalen wollen, wie ein Ei umhüllt von Mantel und Kopftuch, die es trotz bereits sommerlicher Tem-
peratur offenbar vorzog zu frieren, wenn auch nur aus
Verachtung für den Anprall der Helligkeit, der sie sich
ausgesetzt sah und vor der sie in Deckung zu gehen gedachte. Sie erschien mir trotz ihrer Verpackung (sie hätte
sich genau so gut in ein Stück eines Theatervorhangs ein-
wickeln können) so zierlich, als sei sie vor dem Verlassen
ihrer Wohnung von einer schneeweißen Tabakdose gestiegen, ganz in der Gewißheit, so wie sie aussah, jederzeit in
angemessener Weise auch vor ein Erschießungskomman-
do treten zu können. Und wenn es darauf ankäme, meine
Herren, würde sie sogar die Sonnenbrille abnehmen. Ihr
letzter Wunsch? Man möge die Schüsse bis nach St. Petersburg hören, wo man sich ihrer einst erinnerte als einem
Mädchen, der man (u. a.) eine Vorliebe für die Liebhaber
ihrer Mutter nachsagte.

Um den Stand mit den Zeitungen, Zeitschriften und
Postkarten (ganze Schiffsladungen offenbar!) machte sie
einen Bogen. Was passierte schon noch auf der Welt? Gab
es etwa wieder Neuigkeiten? Neben ihr, in einem Kinder-
wagen, schlief ein Neugeborenes, und sein etwas älteres
Brüderchen machte, einen Luftballon festgebunden am
Handgelenk, die ersten ungeschickten Gehversuche. Mit
dem Ausdruck, den sie auf dem Gesicht der Mutter wahr-
nahm, hatte sie schon immer ihre Schwierigkeiten gehabt.
Ärgerlich, diese Hingabe in verzückter Verblödung (psst,

das hätte Vater nicht hören dürfen!). Wie sie an seiner Hand die Museen besuchend, schon früh mit großen, zornigen Augen selbst gesehen hatte, gab es sogar auf Meisterwerken der abendländischen Malerei kaum eine Maria (oder sonst eine Heilige), deren von Erhabenheit entstellter Gesichtsausdruck ernstzunehmen war. Nein, der Blick dieser Damen war eine Zumutung, entschied sie, und auch durch Erleuchtung nur ungenügend entschuldigt. Was für eine Wohltat dagegen die Kleinigkeiten; wie gut sie sich an viele erinnerte, zum Beispiel an jene einer Linie einer Hand an einer Wange und dicht daneben der Ausblick in die ganze Grenzenlosigkeit der damals bekannten Welt – eine Kleinigkeit, dazu da, der Kunst vorbehalten zu bleiben. Allerdings, waren das Neuigkeiten?

Sie ignorierte auch die Auslagen eines Delikatessengeschäfts. In ihrer Jugend, der Blütezeit ganz und gar hoffnungsloser Affären, hatte sie selbst Fasane geschossen. Es hatte ihr nie etwas ausgemacht, die Vögel aus der Luft fallen zu sehen. Das war in Ordnung. Nicht einmal heute bereute sie, wie sie damals der Reihe nach die Namen einiger Männer durchgegangen war, bevor sie mit ruhiger Haltung und offenen Augen abdrückte, für jeden Treffer einen, und für jeden hatte die geringste Bewegung genügt, die eines Fingers. Aber das hier fand sie geschmacklos. Auch ein toter Fasan hatte es nicht verdient, in Anwesenheit von italienischer Salami und Wildlachs aus Kanada zu enden, auch nicht in einem Schaufenster. Auf dem Fensterglas entdeckte sie die Spiegelung der Rückenansicht eines Mannes, der auf der Straße stand und telefonierte. Was tat er? Ohne Zweifel, das hatte es damals nicht gegeben, nicht zu ihren Lebzeiten, hätte sie fast gesagt. Wenigstens das also waren die Neuigkeiten. Aber wozu war das gut, und war es höflich?

Die Ausstellungsstücke in der Auslage eines Juweliers gleich daneben überflog sie ebenfalls mit wenig Interesse. Sie bewegte nur kurz ihre Hände, fühlte wohltuend das

Gewicht der Ringe, die sie trug, und wandte sich ab. Dagegen hielt sie vor dem kleinen Geschäft mit den Seidenstrümpfen inne, ertrug die drei Gymnasiastinnen, die vor der Scheibe standen und nicht wußten, welche Richtung sie ihren Gedanken empfehlen sollten, und untersuchte das Gebotene.

Es war nicht ihre Art, beim Betrachten eines Gegenstandes, der sie interessierte, den Kopf schräg zu legen, wie sich das damals, nach dem Tod des Vaters, ihre Mutter angewöhnt hatte als eine theatralisch immer viel zu dick aufgetragene Ankündigung ihrer törichten Bemerkung, es sei halt jetzt ein bißchen dumm, so arm sein zu müssen. Noch dümmer war, daß sie das abrupte Ende eines zuletzt immer kostspieligeren Gesellschaftslebens gleichsetzte mit dem Sturz in die Verelendung. Die Wahrheit war, nicht ihr Mann fehlte ihr, sondern ihre Auftritte mit ihm in großer Robe. Sich als Witwe benehmen zu müssen (als Liebhaberinnen standen Witwen nicht gerade hoch im Kurs), darauf war sie nicht vorbereitet; und es machte auch, wie sie fand, von Anfang an keinen Spaß. Sein Tod hatte ihr Leben eliminiert. Erst jetzt, wo er tot war, war sie wirklich mit ihm verheiratet. Sie war endlich doch noch seine Frau geworden. Aber zu welchem Preis! Tot wie er war die Hoffnung auf die ungeteilte Aufmerksamkeit auch nur eines einzigen, halbwegs passablen jungen Galans. Wer beachtete sie denn noch groß, außer natürlich die gelangweilten Generalswitwen, die sich ansonsten über Spiritismus und Bridge stritten? Ein Flirt? Ausgeschlossen, mit wem? Wer suchte noch ihren Blick? Was für einen Sinn hätte es, vielsagend die Augen abzuwenden von einem, der einen gar nicht angeschaut hatte? Sein Herzklopfen genießen, das einer anderen galt? Sollte sie lächeln, daß sie alleine dastand, daß sie sitzenblieb beim Tanz, daß jetzt *ihr* Herz es war, das klopfte, und zwar aus Scham über die Peinlichkeiten, denen sie ausgesetzt war? Sie hatte also Zeit genug, sich wieder einmal an die Geschichte zu erinnern, die sie als junge Frau zum ersten Mal gehört und darauf wie auf eine Gotteslästerung reagiert hatte, mit entsetztem Erschrecken und der Gewißheit augenblicklicher Bestrafung. Da war einer Dame auch plötzlich der Mann verstorben, aber was tat sie? Sie ließ ihn still und leise in seinem Heimatdorf beerdigen, kehrte in die Hauptstadt zurück, erfand eine Auslandsreise von einiger Dauer, die er plötzlich habe antreten müssen – wobei ein keineswegs diskretes Augenzwinkern verriet, was sie zu ihrem Schutz so deutlich nicht hatte sagen wollen, daß es sich nämlich um eine Vergnügungsreise handle, und das durchaus zum Zwecke ehelicher Untreue! –, und stürzte sich noch glanzvoller und ausgelassener, als sie es gewohnt war, in die nächste und, wie sie annehmen mußte, für sie letzte Ballsaison. Imponierend, das mußte sie inzwischen zugeben, zumindest ihre konsequente Kaltblütigkeit. Drei Jahre später sorgte sie noch einmal für Aufsehen. Schulkinder waren die ersten, die ihre Leiche zwischen den Eisschollen in der Moika entdeckt, zuerst aber für nichts weiter als einen verspäteten Aprilscherz gehalten hatten.

Nun, konsequent konnte sie auch sein – und sie entschied, fromm zu werden. Immer mehr sah man dann, wie sie verfiel. Zuletzt rauchte sie selbstgedrehte Zigaretten.

Sie hielt sich aufrecht, schaute sich alles in Ruhe an und fragte sich nun, was Seidenwäsche mit dem Frühling, und sei es ein Frühling in Wien, zu tun hatte. Was sollte der Strauß Frühlingsblumen, der noch dazu, wie man sah, da drinnen kaum Luft bekam? Daneben, auf einem Monitor, konnte man die Übertragung einer Modeschau verfolgen, auch das noch. Irgendeine collezione primavera, hochaufgeschossene Mädchen in Unterwäsche auf einem Laufsteg, denen vom Parkett aus applaudiert wurde. Mißtrauisch trat sie einen Schritt zurück, blieb aber stehen. Es genügte, daß unter all der mittelmäßigen Ware Strümpfe aus Seide ausgestellt waren, aus echter Seide. Dafür hatte sie ein Auge. Sie sah das. Sie sah noch immer, wie sie bedauerte, viel zu gut. Aber wozu, was gab es auf der Welt, seit sie nicht mehr reisen konnte, schon noch zu sehen? Ins Kino ging sie nicht mehr, auch nicht mehr in die Oper (warum sich anstarren lassen?) oder zu Konzerten, auch Pollak zuliebe nicht, der sie immer wieder zu überreden versucht hatte. Sie las nur noch ihre Bücher, auch wenn die Buchstaben auf den Seiten immer winziger wurden und die Augen beim Lesen rascher ermüdeten als früher – und sie die Geschichten, die sie verschlang, natürlich alle längst kannte; es war auch weniger ein Lesen als ein Nachprüfen, zum Beispiel, ob die gute unglückliche Anna immer noch rechtzeitig am Bahnhof eintraf oder der Zug, vor den sie sich zu werfen gedachte, nicht plötzlich etwa Verspätung hatte. Aber was sollte sie tun, wenn sie nicht gerade schlief?

Eine Bekannte von ihr hatte, auf Anraten eines Nervenarztes, mit dem Malen begonnen. Die Resultate waren peinlich und der Grund, sie nicht mehr zu treffen. Sie malte nicht nur ohne Talent, es fehlte ihr auch an der Begabung, die Sache mit sich selbst auszumachen. Rücksichtslos, wie sie war, schwärmte sie nur noch von Farben auf Leinwänden, vom Schwung ihrer Hand, die den Pinsel führte, von der Kraft eines Pinselstrichs. Unappetitlich war das, vor allem, wenn man wußte, daß sie von Angstträumen geplagt war, die alle mit unbekannten und mehr oder weniger zwielichtigen Männern zu tun hatten. Die Arme, oder besser gesagt, arme Kunst. Da las sie lieber.

Ihre Nachbarin, eine Frau Szabó, Witwe eines Gänse-Importeurs aus Ungarn, ließ sich seit Jahren von einem Künstlerdienst als Komparsin vermieten und war seitdem auf lästige Weise aufgeblüht.

Eine andere ihrer Bekannten, eine ehemalige Tänzerin, immer schon mehr der Verzweiflung als einem Triumph nahe, hatte sich mit einem Hund begnügt, einem Hündchen, um genau zu sein, eines dieser nackten kleinen Lebewesen, hinter dem sie nun für den Rest ihres Lebens herzutrotten hatte, immer unglücklich behindert von der Leine, an dessen anderem Ende dieses Hündchen zog und zerrte. Ihr Vorschlag, sie doch auf diesen Spaziergängen zu begleiten, war ernst gemeint, an Unverfrorenheit aber nicht zu überbieten. Grund genug, auch sie nicht mehr zu treffen. Aber wer blieb noch? Frau Budberg etwa?

Stellen Sie sich vor, Sie wollen etwas sagen, und alles, was Sie noch rauskriegen, ist: Es ist eine Wiese. Sie können denken, was Sie wollen, und sagen wollen, was Sie denken, aber es kommt aus Ihrem Mund nur dieser eine, der einzige unbeschädigte Satz heraus: Es ist eine Wiese. Sie sagen Ihrem Enkelkind, es ist eine Wiese, obwohl Sie das Kompliment, es sei aber gewachsen, auf den Lippen haben. Wie die Suppe schmeckt? Es ist eine Wiese. Ob er das Licht für sie noch etwas anlassen soll? Es ist eine Wiese.

Nie mehr: Ich liebe Dich!

Immer nur: Es ist eine Wiese.

Nie mehr: Du bist gut zu mir, ich danke Dir. Ich liebe Dich.

Es ist eine Wiese. Es ist eine Wiese. Immerzu.

Es ist sehr einsam. Tut mir leid.

Ihr Mann, der jeden Grashalm dieser Wiese kannte und geküßt und liebkost hatte, weinte.

Der Schlaganfall hatte nicht den Körper, sondern nur das Sprachzentrum getroffen und dort groteskerweise allein diese vier Wörter unverschont gelassen; und tausend Möglichkeiten, sie zu intonieren. Und das tat Frau Budberg, diese bedauernswerte Frau, die einmal eine (in vier Sprachen) redegewandte, bewunderte Schönheit gewesen war und eine Karriere als Konzertgeigerin ihrem Wunsch, Kinder haben zu wollen, geopfert hatte, nun schon geschlagene eineinhalb Jahre. Und wie oft, wenn man sie traf, war einem danach, sie zu bitten, doch vielleicht gnädigerweise vollends zu verstummen. Nichts war grausamer als ein Tod, der nicht tötet, sondern sich damit begnügt, sein Opfer erst einmal nur zu quälen, zu demütigen, zu

verhöhnen, zu verstümmeln. Er kam nicht als Vollstrek-
ker, sondern als Folterknecht. Sie dachte an Gott, den es
gab oder nicht gab, und verfluchte das Rätsel, das sie nicht
verstand. Ihr Ärger übertrug sich aber nicht gen Himmel,
sondern in ihren Oberkiefer mit den schlecht angepaßten
falschen Zähnen, die wehtaten, sobald man sie zusam-
menbiß; und genau das hatte sie sich bis heute nicht ab-
gewöhnen können.

Tatsächlich traf sie niemanden mehr. Alle waren tot. Um
die Frauen war es nicht schade. Den einen oder anderen
Mann aber vermißte sie.

Aus Hilflosigkeit diesem Gefühl gegenüber holte sie erst
einmal tief Luft, trat von einem Bein auf das andere, um
sicherzustellen, daß sie nicht schwebte, und versuchte sich
abzulenken, indem sie sich wieder auf die Seidenstrümpfe
konzentrierte. Aber es nutzte nicht viel. Als sollte es ihre
Gedanken noch mehr verwirren, setzte nun zur Mittags-
stunde das Geläut der nahen Michaelerkirche ein, und ein
osteuropäischer Einwanderer packte neben dem Juwelier-
geschäft seine Klarinette aus, warf seinen Hut vor sich und
begann, wehmütige Melodien zu spielen.

Das waren die Zutaten, die sie in einen Zustand der Ratlosigkeit versetzten. Aber sie wehrte sich. Auch mit blau
blühenden Apfelbäumen, einem Winzling von Hund oder
im Gedränge stundenweise angeheuerter Statisten entkam
man nicht der Mühe, die es machte, auf den Tod zu warten.

Wie ungerecht, daß alle tot waren. Wie ungerecht, daß sie
lebte. Den Sinn dieser Ungerechtigkeit verstand sie nicht.
Schicksal? Ach nein. An Schicksal zu glauben, war nur als
junges Mädchen aufregend.

So war sie also unzufrieden darüber, daß sie noch lebte,
und vom Gedanken erschöpft, nichts dagegen unternehmen zu können. Sich aufzuhängen, ging zu weit, das war
ausgeschlossen. Außerdem würde es ihr ohne Hilfe miß-

lingen, und was dann? Am Ende war eine Leiche, die am Fensterkreuz an einem Seil in der Luft hing, lächerlich, nicht wahr? Da lobte sie sich Raf Slavin, den poetischen Rotschopf, der Gedichte verfaßt, sie dann auswendig gekonnt und das Papier, auf dem sie geschrieben waren, ins Feuer geworfen hatte. Eines Tages nahm er eine Pistole, spannte sie, hielt sie an die Schläfe, zielte auf ein, zwei Gedanken, die er dort vermutete, und drückte ab. Sie war, als sie davon erfuhr, schlagartig verliebt in den häßlichen jungen Kerl mit seinen zweiundzwanzig Jahren. Nicht eines seiner Gedichte war auffindbar, auch nicht nach einer Obduktion des Schädels. Er wurde berühmt, ohne ein Werk (gedruckt in Buchform oder auch nur als Beiträge in Zeitschriften) zu hinterlassen. Es tauchten aber dann doch Manuskripte auf mit seinen Versen, wurden gedruckt und diskutiert – und als Fälschungen abgetan. Eine ganze Generation seines Alters produzierte Gedichte, die alle mit Slavin signiert waren, darunter welche, die hervorragend waren, zu gut und der Eigenart Slavins zu ähnlich, um den Streit nicht immer wieder neu entfachen zu können, ob sie echt oder Schwindel waren.

Slavins Grab wurde einen Sommer lang zum Treffpunkt, zum Mittelpunkt ausgelassener Seancen junger, skrupellos todessüchtiger Menschen, die sich (weil sie Wodka, von ihnen abschätzig auch als ›armen Rausch‹ bezeichnet, ablehnten) mit einer Mischung aus Tinte, geschmuggeltem Arrak und dem Saft von Granatäpfeln betranken, einem Longdrink zum Umfallen. Sie war selbst ein paar Mal dort erschienen (und gleich beim ersten Mal verhaftet und bis zum Mittag des nächsten Tages in eine Zelle gesperrt worden), hatte dem Gesang der Vokale und Konsonanten zugehört, den Stimmen der Frauen und Männer, die auswendig rezitierten, und erinnert sich bis heute an Verse wie

da saßen sie im Park,
vom Jungsein todeskrank,
vergnügt vor Ungeduld zu sterben,
verneigten sie sich vor dem Zorn,
der nach Geträumtem Ausschau hält* ...

(das ging in einem fort so weiter, eine berauschte Litanei der Überheblichkeit, die sich die Jugend eben leistet) und bedauert, daß sie, obwohl im Besitz einer kleinen Pistole, kein Recht habe, Slavin zu imitieren.

An jedem zweiten russischen Gedicht klebte Blut. Da war es, wie ihr Vater ihr riet, besser, man sammelte Schmetterlinge.

Sie ging die eine oder andere Methode durch, sich ins Jenseits zu befördern, die sie alle verwarf. Lediglich die Vorstellung eines kleinen tödlichen Cocktails schien ihr einzuleuchten, vorausgesetzt aus dem richtigen Glas getrunken. Tatsächlich hatte sie aus diesem Grund ein bestimmtes Glas auch schon mehrere Male hervorgeholt und begutachtet, ein Erbstück, vollendet gearbeitet, was man sah, wenn man es ins Licht hielt. Sie holte es aus ihrer Vitrine, drehte es zwischen den Fingern, hielt es hoch und betrachtete erneut das kostbare Stück, J. & L. Lobmeyr, 1895, verziert mit mattem Poliergold, ein mit Uranerde leicht grünschimmernd gefärbter Kristall. Und da hinein ein Schlückchen Gift, vermischt mit Brandy?

Aber nein, sie war ja keine Schauspielerin. Und verrückt war sie auch nicht. Die falsche Therapie, sich das Leben zu nehmen, war riskant.

* im Original:
В ПАРКЕ
ОТ ЮНОСТИ СМЕРТЕЛЬНО ЗАБОЛЕВШИ,
С ВЕСЕЛОМ НЕТЕРПЕНИЕМ ИЗДЫХАНИЯ ОЖИДАЯ,
ПЕРЕД НЕИСТОВСТВОМ, ИЩУЩИМ МЕЧТЫ ОТЗВУКИ,
   ГОЛОВУ СКЛОНЯЯ,
ОНИ СИДЕЛИ ...

So schied Gas aus. Sie hatte keine Ahnung von Gas. Mit einem Herd hatte sie noch nie etwas zu tun gehabt, ihr ganzes Leben nicht. Dafür hatte es Dienstboten gegeben. Und schließlich wollte sie sterben, nicht explodieren. Sie führte ja keinen Krieg gegen sich; und ein Schlachtfeld wollte sie auch nicht zurücklassen; sie wollte nur leise irgendwohin ins Leere gehen. Weshalb auch ein Tod auf den Schienen, wie in Annas Fall, ausschied, mal ganz von der Tatsache abgesehen, daß sie nicht den Mut und noch weniger die Geschicklichkeit aufbrächte zu einer derartigen Verzweiflungstat.

Sie würde den Baum finden wollen, in dessen Schatten sie ihren Vater vermutete. Er säße dort allein, wenn es nach ihr ginge, und freute sich, wenn auch offenbar nicht überschwenglich, sie zu sehen. Sie würde sich neben ihn setzen und versuchen, wie er zu schweigen. Aber dumm, wie sie schon als Lebende gewesen war, würde sie wieder mit den gleichen albernen Fragen anfangen. Wo bin ich? Was tue ich? Wozu? (Womit sie die drei berühmten Fragen wiederholte, die auch ihre geliebte Anna sich gestellt hatte.) Erst danach hätte sie den Mut, noch ein paar eigene Fragezeichen hinzustottern. Wie wird man glücklich, Vater? Warum machen Gedanken, was sie wollen, in meinem Kopf? Glaubst Du, wir sind alle verrückt?

Was mich betrifft, würde ihr Vater (mit einem Blick über den Rand des Himmels hinaus) antworten, habe ich es mir hier oben nicht ganz so laut vorgestellt. Man könnte genau so gut noch am Leben sein, so ein Lärm ist das. Und außerdem, mein liebes Kind, womit habe ich die Strafe verdient, keine Vögel mehr singen zu hören, nie mehr?

So war das immer mit ihm. Sie war ihre Fragen los, Antworten aber hatte sie auch keine. Als sie noch leicht genug war, hatte er sie dann immer an den Armen gefaßt und im Kreis herumgewirbelt, sicherlich in der Annahme, sie müsse nur mal gut durchgeschüttelt werden. Sei abends müde, wie ein Arbeiter abends müde ist, hatte er ihr geraten und sie zum Zähneputzen geschickt, während er, abgelenkt noch durch das Buch, in dem er gerade las, einem Buch über Dschingis Khan, die Zeitung mit den politischen Nachrichten überflog.

Lag sie erst einmal in ihrem Bettchen, betete sie, bevor sie einschlief, noch schnell zu Gott, nicht in den Himmel kommen zu müssen.

Zu allem Unglück kam noch der Ärger hinzu, daß sie sicher war, noch immer gesund zu sein. Es konnte also noch lange mit ihr dahingehen. Es war kein nahes Lebensende in Sicht. Was aber sollte das in ihrem Alter? Wütend, wie sie darüber war, betrachtete sie das Telefon, sah den Staub auf dem Hörer und seufzte aus Verärgerung. Sie hatte nichts dagegen, daß es keinen Laut mehr von sich gab, aber dafür nahm es zu viel Platz in Anspruch.

Die Endgültigkeit, mit der die Welt existierte, war nicht zu ändern. Und niemand da, um darüber wenigstens unterhaltsame Ansichten auszutauschen, erholsame Zweifel, schwarze Witze. Pollak, ihr treuer und kluger Freund Dodo Pollak, ein (wie sie) in der Welt Übriggebliebener, war der letzte im Angebot, ein altgedienter, auch sonntags zuverlässiger Atheist, der sie trotz des weiten Wegs von der Porzellangasse herüber besuchen kam und sich manchmal, um sie aufzuheitern, dann doch aufraffte, den Spaßvogel zu spielen und das Schweigen beendete, das sich um die Möbel herum ausgebreitet hatte. Der Unsinn einer einzigen seiner gewagteren Behauptungen ließ sie schlagartig den Schmerz vergessen, der so kostbar aufbewahrt lag in all den Versen, die sie liebte. *O schwör, dem Märchen nur zu glauben, treu dem Ersonnenen allein, der Seele nie ihr Reich zu rauben; schwör, nie soll sie gefangen sein.* Was war damit, wenn einem die Einfälle ausgingen? Wartete auch die Wahrheit nur auf einen Witzbold, um sich auf ihre Kosten zu amüsieren? War, sobald man lachte, alles endlich lächerlich? Lagen nicht die Entfernungen eines ganzen Lebens zwischen den Stunden, die nachts ihre Narren freiließen?

Pollak war wieder Witwer, seit seine vierte Frau, eine Bulgarin, vor ein paar Jahren gestorben war. An was eigentlich? An der Langeweile.

Stand es so auch auf dem Totenschein?

Gewiß, denn es war ja die Wahrheit.

Vier Ehen, Pollak, ist das nicht ein bißchen zu viel Shakespeare?

Ich habe mich heiraten lassen, meine Beste, allerdings, zugegeben, ganz gegen jede meiner Überzeugungen diesbezüglich. Bei jeder stellte ich mich in den Dienst einer anderen Lüge. Jede bezahlte mich mit ihrer Schönheit. Und zahlte dann mit dem Leben.

Und wie fühlten Sie sich, Pollak?

Gut, Gnädigste, ausgezeichnet.

Plagen Sie nicht Schuldgefühle?

Nein, nein, nicht die geringsten. Das Leben war, wie zu erwarten, intelligenter als die Lüge. Daran kann kein Mensch etwas ändern.

Was waren das für Frauen? Ich bin neugierig, erzählen Sie. Waren es, außer daß sie schön waren, wie Sie behaupten, auch intelligente Frauen?

Nicht, daß ich es je bemerkt hätte, nein. Aber kommt es darauf an?

Nun ja, es ist vielleicht insgesamt amüsanter mit intelligenten Menschen, nicht?

Kenner schwören auf dumme Frauen, wußten Sie das nicht?

Interessante Theorie. Sie dachte darüber nach. Hatte sie, wenn sie früher vor dem Spiegel stand, nicht auch häufiger ihren Hintern begutachtet als ihr Gesicht? War ein Hintern nicht eine ehrlichere Haut als ein Gesicht? Ein Hintern war nicht auf Schminke angewiesen, sondern auf Durchblutung. Ein Hintern war eine runde Sache, wenigstens so lange, bis er die Form einer abfallenden Fieberkurve annahm. Gab es nicht Frauen, die nur aus Hintern bestanden, einem Hintern, groß wie ein Stück Marmor?

Es war Männersache, so zu denken. Dagegen hatte sie nichts. Ihr lag auch nichts daran, ihm sein Privatleben streitig zu machen. Hatten Sie Kinder?

Gottseidank nicht, wenigstens keine eigenen. Aber es gab da Kinder aus anderen Ehen, das ja, kleine unglückliche Schlauberger, die oft selbst schon Kinder hatten.

Ja, kleine unglückliche Schlauberger, das traf die Sache. Man ließ sich von all dem sozialrevolutionären Unsinn einnebeln, den einer von sich gab, aber den Mumm, zärtlich zu sein, brachte er nicht auf – oder verliebte sich in einen Idealisten und bekam einen zur Trägheit neigenden Hitzkopf, der nicht spannender war als der Ledergeruch seiner Stiefel. Am Ende war immer sie der bessere Mann gewesen.

Haben Sie je verstanden, warum Glück so kompliziert ist?

Ich habe keine Sekunde meines Lebens verschwendet, um das herauszukriegen. Ich war nicht begabt genug dafür, schätze ich.

Sie waren zu feige, nehme ich an.

Zu feige zu lieben? O nein, ich liebte. Ich war keiner zu ihrer Zeit untreu. Und es wäre mir niemals in den Sinn gekommen, mich etwa scheiden zu lassen. Wie gesagt, ich respektierte, was unvermeidlich war. Aber, nicht wahr?, am allerwenigsten hat das, was wir Liebe nennen, mit Mann und Frau zu tun.

Mit wem oder mit was dann?

Ich weiß es nicht, ehrlich gesagt, ich weiß es nicht. Wie können Sie einen Dummkopf wie mich so etwas fragen.

Die Patience, die sie legte, machte Fortschritte; wenigstens die Karten gehorchten ihr noch. Sie waren schön, ihre Frauen, sagen Sie?

O ja, waren sie, alle vier, weiß Gott. Was für ein Privileg, sie anschauen zu dürfen, und das länger als jeder andere Mann es hätte wagen dürfen. Ich bin natürlich nie dahinter gekommen, daß es andere Männer gab. Schade eigentlich, es hätte mir nicht das geringste ausgemacht.

Und das soll ich Ihnen glauben? Was macht man nur gegen schmerzendes Zahnfleisch? Das verdirbt alles.

Was für einen Sinn hätte es, sich in meinem Alter noch etwas vorzumachen? Es war schon so. Ich war frühreif, was meine Unfähigkeit anging, Eifersucht zu empfinden. Ich hielt das schon immer für eine literarische Übertreibung, gut für gewisse Geschichten, die sonst keinen Sinn machten. Der Gedanke, ich sei etwas Besonderes und für die eine oder andere der Frauen deshalb ein unersetzlicher Glücksfall, machte mir Angst. Ich fühlte mich sehr mißverstanden, behielt das aber, wohl aus Höflichkeit, die man mir anerzogen hatte, für mich. Wer etwas auf sich hielt, neigte, mehr oder weniger absichtlich, zur Schwermut. Es war ein Spiel, das Sie ja kennen. Und jedes Spiel hat seine Sieger und Verlierer, seine Könner und Versager, und seine Helden. Dieser Slavin war so einer, von allen anderen unvergleichlich begabteren Dichtern ganz zu schweigen. Die Schwermut war der Heimathafen aller, die jung waren und unglücklich. Es wimmelte von Unglücklichen. Kaum verließ man das Haus, schon trat man einem auf die Füße, war es nicht so? Noch schlimmer als die Dichter waren die Schauspieler. Rußland ist das Land der falschen Tränen.

Er verdankte einem einfachen Aufsitzen, das ihm das Atmen erleichtern sollte, daß er, und durchaus in Reichweite, eine Schale mit Weintrauben entdeckte, bewacht von einem ungehörig hohen Stapel Bücher. Die ganze Konstruktion mußte den Sinn haben, daß, wer den Trauben zu nahe kam, den Stapel zum Einsturz brachte. Also ließ er sich Zeit, seine Chance einzuschätzen, mit weiter nichts als der spielerischen Geste eines Feinschmeckers in den Genuß zumindest einer einzigen Traube zu kommen – dem Kunststück vergleichbar, eine Blume zu pflücken, ohne den Schmetterling zu stören, der sich auf ihrer Blüte ausruht.

Was haben Sie gemacht all die Jahre, die wir uns so völlig aus den Augen verloren haben? Er stemmte sich vorsichtig gegen die Rückenlehne, um den Sessel ein paar

Zentimeter nach hinten schieben zu können, um so nicht um den Stapel mit den Büchern herumgreifen zu müssen.

Was ich getan habe? Was alle Menschen tun. Sie suchen. Ich auch, ich suchte auch. Irgendwann kam ich mir lächerlich vor und hörte auf damit. Es macht ja keinen Unterschied. Ich suchte weder einen Gott noch einen Ehemann, wobei die meisten nicht einmal das auseinanderhalten konnten. Wonach ich suchte, gab es nicht. Einmal, einmal gab es einen Engel. Ich habe nur nicht genug aufgepaßt damals. Das war, was ich suchte. Ich habe einen Engel gesucht.

Pollak verstand nicht. Abgelenkt, wie er war, hatte er ohnehin nicht aufmerksam zugehört und deshalb angenommen, sie zitiere vielleicht nur wieder, zum eigenen Vergnügen (wie in einem Gespräch allein mit sich selbst), Verse aus irgendeinem Gedicht.

Aber es gab den Ort nicht. Es gibt keinen Ort ohne ihn. Und so bin ich dann ausgerechnet in Wien gelandet. Wie Sie.

Sicher, er war ein stilsicherer Pessimist, ein Mann ohne Zorn in seinem Herzen, einer, der das Leben, wie es geschah, nicht antastete, sondern sich leben und eben ein wenig treiben ließ, soweit es seinem Lebensgefühl nicht vollends widersprach. Sie verstand das alles. Es kam ihr sogar bekannt vor. Aber führte das alles zu einem Ergebnis, das die, die sich an uns eines Tages vielleicht erinnern werden, Glück nennen? Sie sah in seinem Gesicht nicht, wonach sie suchte, und gab sich geschlagen. Es gehörte Mut dazu damals, nie ein Gedicht geschrieben oder einen Selbstmord versucht zu haben oder mit seinen Eroberungen imponieren zu wollen. Es war außergewöhnlich gewesen, nicht auffallen zu wollen. Sie konnte sich deshalb auch so schwer an den jungen Pollak erinnern, der ihren verschiedenen Cliquen ebenso angehört hatte wie seine zwei Brüder, die als Draufgänger berüchtigt waren. Was ist aus den beiden eigentlich geworden?

Nicht das, was unsere Mutter sich erhoffte. Der eine begann mit dem Trinken, machte aber Karriere bei der Eisenbahn, der andere blieb nüchtern und starb früh. Ihre Hoffnung, sie hätte Helden geboren, hatte sich nicht erfüllt.

Pollak gab ihr, während sie neue Karten auflegte und er sich die Weintraube, die er inzwischen fehlerfrei, also ohne die befürchteten Folgen abgepflückt hatte, in den Mund schob, einen kleinen Bericht vom anderen Ende der Welt, einer Gegend, in der nicht viel getanzt wurde, nicht nüchtern jedenfalls. Sein Vater war ein einfacher Beamter, ein einfacher Mann mit dem Glückslos, eine Frau zu haben, die ihn liebte. Sie liebte ihn. So einfach war das. Sonst hatte sie an ihr Leben keine Ansprüche. Sie paßte nur auf, daß sie nicht nur ein Ehepaar waren, und für ihre Söhne Mutter und Vater, sondern zwei Menschen, noch immer eine Frau und ein Mann, die zusammen vier Hände hatten, und in jeder freien Minute auch davon Gebrauch machten. Mehr hatte sie nicht, und mehr wollte sie gar nicht. Zu Hause war es wie in einem Zelt, in dem gekocht und gelacht und gebetet wurde, Gebete der Dankbarkeit, die, glauben Sie mir, nicht alle dem Himmel galten. Mein Vater war ein kräftiger und gesunder Kerl, sein ganzes Leben lang, und er sorgte dafür, daß es dabei blieb, daß seine Frau ihn liebte. Er konnte das. Er war ein Künstler seines Körpers und als Mann, wie Pollak sich ausdrückte, »ausdauernd wie böhmische Kohle«. Den Rest seiner Energien opferte er der eben unvermeidlichen Tatsache, Geld verdienen zu müssen. Aber er hielt diesen Teil seines Lebens unter Verschluß. Ich habe ihn zuhause nie ein Wort darüber verlieren hören. Stattdessen, in der Nacht, hörte ich eine schöne Melodie aus dem Nebenzimmer.

Nun ja, schränkte sie ein und lachte ihm in die Augen, wie sich das eben anhört, was Sie ja wohl meinen. Schmekken sie?

Danke, ich werde mir eine zweite gönnen.

Nur zu. Fällt Ihnen eigentlich auf, daß sie wie ein Dichter daherreden?

Je einfacher ein Gedicht, umso eindrucksvoller. Habe ich nicht recht?

Mag sein, es gibt aber Leute, die Malewitsch's Schwarzes Quadrat für ein Doppelbett gehalten haben. Und das war, mehr oder weniger, auch meine Ansicht damals. Ein schwarzes Doppelbett in einem schwarzen Zimmer. Und was die schönen Melodien angeht, Pollak, so müssen Sie sich verhört haben. Ich will Sie ja nicht kränken, aber kein Mensch erzeugt schöne Melodien, während er den Verstand verliert. So ist das nun mal. Lassen wir das. Ich verstehe nicht viel vom anderen Ende der Welt.

Von welchem Ende einer auch aufbricht, dachte sie, eine Welt kann man das nicht nennen, wenn zwei alte Menschen sich in einem Wohnzimmer gegenübersitzen. Es kündigte sich ein zweiter Gedanke an. Sie verordnete der Hand mit der Karte eine kleine Verschnaufpause, und so hing sie, als sei auch sie nachdenklich geworden, vorerst in der Luft fest. Selbst ihr Atem schien gespannt auf einen Gedanken zu warten. Es kam der Gedanke aber nicht. Alles Warten half auch nichts. Sie wußte nicht weiter. Sie wußte nicht einmal, was genau sie hatte denken wollen. Die Hand hatte auch genug und legte die Karte an den Platz, den das Spiel vorschrieb. Sie atmete auch wieder. Sie erinnern sich an mich, an mich in St. Petersburg?

Was war das für ein Lebewesen, überlegte Pollak, das den Erfindungen der Seele mißtraute, die Tätigkeit des Träumens eingestellt hatte und nichts gelten ließ als die Gewißheit, einen großen Schmerz zu fühlen, dessen Ursache darin lag, daß sie ein Mensch ohne Geheimnis geblieben war.

Sie träumt nicht, sagen Sie? Ist das Ihr Ernst, Pollak? Dann erklären Sie mir, mischte ich mich ein, wer sie war, wenn sie schwieg, und ihren Wunsch, sich im Schnee zu wälzen, lange, bis zur Erschöpfung, bis zum Erfrieren.

Sie war immer schon eitel genug gewesen, die offensichtlichen Mängel, was ihre eigene Schönheit betraf, wettzumachen durch einen ganz bestimmten Blick, hervorgerufen durch die Anstrengung, geheimnisvoller sein zu wollen als ihre immerzu ausgelassen kichernden Konkurrentinnen. Wer sie aufforderte, fröhlich zu sein, mußte sich auf einen Wutanfall gefaßt machen. Es saß ihr bis heute in den Knochen. Andere schlechte Eigenschaften gesellten sich dazu. So fand sie es einige Jahre überflüssig, Hände zu schütteln, und trug der Einfachheit halber Hosen. Wie soll man einen Vater nicht lieben, der einerseits die ganze Sache natürlich mißbilligte, gleichzeitig aber die Rechnungen des Schneiders beglich? Der Zauber dieser Intimität begleitete sie durch ihre Jugend. Sie dachte vorerst aber trotzdem nicht daran, sich zu bessern. Verehrer, die sich einfanden, quälte sie mit der Aufforderung, ein Geheimnis, am besten das allerintimste, zu beichten, wobei ihr Tonfall natürlich die Information enthielt, wie die Chancen der Bewerber am Ende verteilt sein würden. Einem Eheversprechen entzog sie sich durch eine Reise, die sie allein antrat.

Die Gerüchte, die über sie im Umlauf waren, widersprachen sich, was nur zu deutlich ihre Handschrift verriet.

Pollak versuchte vergnüglich, wenn er sie besuchen kam, Ordnung in ihre Seele zu bringen. Das war nötig, gewiß, aber doch wohl kaum noch der Mühe wert bei ihrem Alter. Er ließ sich trotzdem nicht von dem Vergnügen abhalten. Ihm gefiel es, mit Ansichten und Vermutungen zu experimentieren, die sie nicht einfach nur als die (wahrscheinlich von Geburt an) gefährdete Tochter eines außergewöhnlichen Mannes wahrnahmen, sondern als Fundgrube für die widersprüchlichsten Gedanken über den Wert eines Menschenlebens und das Risiko der Erinnerung (schon zu einem Zeitpunkt, wo es eigene noch gar nicht hatte geben können). Sie war zu jedem Zeitpunkt ihres Lebens das Mädchen, das nie lachen wollte, die junge Frau, die das Versagen ihrer Liebhaber nicht etwa einem Tagebuch anvertraute, sondern den Ohren aller jeweils Anwesenden, das Biest mit der Baskenmütze und, wie es die Maler in Mode gebracht hatten, dem fliederfarbenen Seidenstrumpf als Krawatte um den Hals, dem ein Wochenende genügte, drei Romane von der ersten bis zu letzten Seite zu verschlingen, die unerschrockene Ehebrecherin, die Männer nicht ausstehen konnte, die (im Bett oder sonst wo) zutraulich wurden, und schließlich, um die Aufzählung zu vereinfachen, die alte Frau, die sie geworden war.

Pollak war höflich genug, die Gegenwart nicht zu ausgiebig zu kommentieren. Er kannte sie erstaunlich genau, soviel war sie bereit zuzugeben. Ihr Vergnügen galt vor allem der virtuosen Einfalt, mit der er ihre Lebensalter zu einem Gruppenbild zusammensetzen wollte.

Am allerwenigsten war Pollak an Vermutungen interessiert, welche der Personen, die seine Phantasie lebendig machten, am heftigsten darauf angewiesen war, glücklich sein zu wollen. Nein, so langweilig durfte man einer Dame wie ihr nicht mehr kommen. Im übrigen schien er das Chaos jeder Ordnung vorzuziehen. Wie Scherenschnitte legte er die verschiedenen Porträts übereinander, verknüpfte Dialoge, als läge zwischen Frage und Antwort die ganze Dauer ihrer Vergangenheit. Da war er wirklich jenem Ludwig Pollak ähnlich, einem Namensvetter von ihm, von Beruf eigentlich Antiquar, der als Entdecker des verlorenen Arms des Laokoon gilt, den er dann, obwohl Jude, brav im Vatikan abgeliefert hatte, mit dem er früher immer mal wieder verwechselt worden war.

Seine erstaunlichen Behauptungen über den Zustand ihrer Seele taten ihr gut, und sie hütete sich, ihm zu widersprechen. Lieber ließ sie sich unterhalten, zumal er zu gescheit war, um Theorien von sich zu geben. Er nahm keine Rücksichten. Er schmeichelte nicht – und war, was sie ihm nicht einmal, als sie es jetzt erfuhr, übel nahm, nie in sie verliebt gewesen, nicht einmal heimlich.

Es sind die Fehlzündungen (die großen wie die kleinen, also Schmerz, Eifersucht, Verzweiflung, aber eben auch lautes Gähnen in der Oper oder ein Erröten beim Gelöbnis ehelicher Treue), die aus der Nichtigkeit eines Lebewesens einen Menschen machen. Es amüsierte ihn, große Worte zu machen, nur um eine Kleinigkeit, die er erwähnte, besser verdeutlichen zu können. Noch lieber waren ihm an den Kleinigkeiten die kleinen Risse, wenn er sah, daß niemand herumgepfuscht hatte, um sie unsichtbar zu machen. Sogar das Mädchen in ihr hatte ihren Rohzustand bewahrt.

Und ob ich mich an Sie erinnere! Man sprach schließlich eine gewisse Zeit lang von nichts anderem als Ihnen. Dieser Skandal damals …

Es gab jeden Tag Skandale. Welchen genau meinen Sie?

Der Wirbel um dieses verhängnisvolle Duell, als Sie …

Hören Sie, das Duell selbst war in Ordnung. Dumm war nur, daß der falsche Mann tot hinfiel. Ich hätte den, der die Schießerei nicht überlebte, lieber geliebt. Er gefiel mir. Stattdessen blieb der Franzose übrig. Ich nahm ihn trotzdem. Vor allem deshalb wahrscheinlich, weil er ausgerechnet in diesen Wochen einmal bei uns zu Hause erschienen war, und zwar auf Einladung, die, wie ich wußte, meine Mutter durchgesetzt hatte.

Sie überlegte kurz, ob nicht jetzt die Gelegenheit wäre, die eine verbotene Zigarette zu rauchen, die sie sich noch gönnte.

Vater war in einer verzwickten Lage, wie Sie sich denken können. Er hatte die Ehre seiner Frau, seine eigene und die (vermeintliche) Unschuld seiner Tochter zu verteidigen. Sie müssen wissen, daß er schon lange vorher beschlossen hatte, sich nicht mehr zu duellieren. Einfach, weil er es leid war, dafür ausreichend trainieren zu müssen. Und im Morgengrauen irgendwo in einem Wäldchen zu stehen und eine Waffe abzufeuern, nun, das gehörte für ihn der Vergangenheit an. Er fand es inzwischen auch lächerlich. Da mußte es, wie er meinte, andere Mittel geben. Er trug deshalb auch keine Handschuhe mehr. Aber natürlich, reagieren mußte er, das war klar. Also suchte er nach einer Lösung, die einfach, wirkungsvoll, verblüffend und vor allem modern war. Dem Skandal wollte er einen anderen eigenen entgegenstellen. Und so erfand er, zumindest was die russische Elite anging, den Kinnhaken als Mittel der Satisfaktion. Das schlug ein, im wahrsten Sinn des Wortes. Der Sieg des Proletariats, einmal anders. Eine kleine Revolution, noch eine, die kaum die Zeit, die sie in Mode war, überlebte. So schnell wie Vater zugeschlagen hatte, war der Kinnhaken in diesen Kreisen auch wieder verpönt. Aber damit, daß der Schlag ein einziges Mal, sich spiegelnd im Parkett auch noch, das Licht dieser Welt erblickt hatte, hatte nun wirklich niemand gerechnet. Vater als Filmstar. Der Franzose ging zu Boden, durfte aber, was die größere Strafe war, unter dem Gelächter aller weiterleben, nicht allerdings in Rußland. Natürlich besaß mein Vater genug Einfluß, diesen Störenfried in sein Heimatland abschieben zu lassen.

Es war immer noch so. Es tat immer noch gut, stolz zu sein auf den eigenen Vater.

Ich war eine Trophäe für jeden, der sich einbildete, mich bändigen zu können. Das ist die ganze Geschichte.

Die Ihnen aber Spaß machte. Wie alt waren Sie damals eigentlich?

Alt genug, um zu wissen, was ich tat, aber sicherlich jung genug, es mir nicht doch noch anders zu überlegen. Ich war eine kleine Hure. Ich war verrückt, müssen Sie wissen. Ich lebte wie im Delirium eines nie endenden Halbschlafs. Ich hatte eine schwere Lungenentzündung gehabt. Hinter der Tür wartete schon der Priester. Natürlich spielte meine Mutter verrückt. Mein Tod hätte ihr die Ballsaison vermasselt. Ich höre sie heute noch, wie verzweifelt sie war. Was ist nur mit dieser Familie los? Niemand gönnt mir auch nur das kleinste Vergnügen!

Ich bedaure, Sie damals nicht erlebt zu haben, Sie in Männerkleidern.

Ich trug sie nur, wenn ich bei Duellen anwesend war, nur dann. Es war der einzige Weg, nicht aufzufallen. Ein junger Mann mehr oder weniger fiel nicht auf. Und dem, mit dem ich dann zu einem Rendezvous verschwand, gefiel es, daß er am Ende doch bekam, was er wollte. Ich verrate Ihnen etwas, Pollak. Wissen Sie, was der Spaß dabei war? Ich fühlte mich in Männerkleidern immer ein wenig unsterblich. Das war der Spaß. Vergessen Sie den letzten Akt. Man ist da ohnehin fast schon zu müde, um ihn noch groß genießen zu wollen. Man will nach Hause. Man hat genug.

Wo hatten Sie die Kostümierung her? Mariinka?

Einer meiner Freunde arbeitete dort.

Aha, ja, die Jungs vom Mariinka, ich entsinne mich.

Er war ein Engel. Ich dachte, den heirate ich, werde glücklich und jeden Tag glücklicher. Einfach so. Ich war fest davon überzeugt. Ich war meiner Sache so sicher, daß ich nicht einmal den Versuch machte, ihn zu verführen. Ich vergaß es einfach. Es war alles so selbstverständlich mit ihm, so leicht, so einfach, daß ich ihn nicht einmal vermißte. Wir hatten nicht einmal Zeit, uns zu küssen, so interessant war alles. Verstehen Sie das?

Sehr gut sogar. Das ist, wenn es klappt, der einzige Weg, der sich lohnt.

Wenn es klappt, ja, aber es klappt eben nie.

Pollak widersprach, aber erst, nachdem er einen Traubenkern, der sich zwischen zwei Zähnen verbarrikadiert hatte, zuerst mit der Zunge ausfindig gemacht und dann (was ein waschechter Petersburger nie tun würde) mit dem Nagel des kleinen Fingers erlegt hatte. Doch, es hat doch geklappt. Ihr Gefühl für den Freund war vollkommen und

ist es bis heute geblieben, und zwar rein und unbeschä-
digt. Ich bitte Sie, darf man mehr als Märchen erwarten?
Im übrigen gilt, wer etwas anfängt, kriegt es mit dem Ende
von etwas zu tun, und zwar unweigerlich.

Ich halte von Märchen nichts. So wenig wie von einer
Uhr, die tickt, oder dem Tag, der kommen wird. Was sehe
ich, wenn ich das Fenster öffne? Wer begegnet mir auf der
Straße? Wer auf der Treppe draußen? Ich danke. Ich verzichte. Auf diese Art Gegenwart verzichte ich. Ich verzichte
auf jede Art Gegenwart. Was, bitte, hat sie sich einzumischen? Sie will mir Zensuren erteilen, mir?

Pollak vergaß für einen Moment, was er mit dem Traubenkern, der noch immer vorne an seinem kleinen Finger
klebte, nun eigentlich hatte tun wollen und steckte ihn
der Einfachheit halber zurück in den Mund. Da die Zukunft, geben wir es in unserem Alter doch ruhig zu, Lieb-
ste, ebenfalls eine Zumutung darstellt, was bleibt?

Was bleibt? Nicht einmal die Vergangenheit ist geblieben.

Es war beunruhigend, wie die Vergangenheit ihr noch
immer Angst einjagte, und verblüffend, daß sie es sich an-
merken ließ. Entweder wollte oder konnte sie Pollak nicht
darüber täuschen, daß sie den Unsinn, keine Seele haben
zu wollen, endlich eingesehen hatte. Sie machte sich auch
nicht mehr die Mühe, die Feindseligkeit gegen sich selbst,
die sich kopfhoch in ihr angesammelt hatte, mit ausgesucht
abfälligen Übertreibungen zu attackieren, den Schmerz,
der doch in ihr festsaß, zu belächeln oder über jede Ent-
täuschung, an die sie sich erinnerte, mit einem Einfall
triumphieren zu wollen. Die ganze Gleichgültigkeit, die sie
(sogar ihren Träumen gegenüber) immer an den Tag gelegt hatte, erschien ihr nun unreif, alt, eine tote Freude.
Dachte sie an ihren Vater, schämte sie sich. Dachte sie an
den Engel, schloß sie die Augen, wobei sie teils aus Aber-
glauben, teils aus Neugier auf die praktischen Seiten ihr
ansonsten unerklärlicher Zufälle immer hoffte, auf den

Innenflächen ihrer Augenlider endlich eine Botschaft, ein Zeichen oder auch nur irgendeine anonyme Nachricht zu entdecken, z. B. ob er noch am Leben war und wo er sich, wenn er noch lebte, aufhielt. Aber es funktionierte nie. Sie schaute in ein von außen beleuchtetes Dunkelgrau, das sich fortwährend in der gleichen Farbe verflüssigte, mehr nicht. Fehlte es ihr auch hier an Begabung? Dafür konnte sie etwas anderes aber inzwischen umso besser: den melancholischen unter ihren Gedanken machte sie zwar nicht ihren königlichen Status streitig, drehte ihnen aber dann doch gnädigerweise kurzerhand den Hals um.

Die Gespräche, die sie mit Pollak führte, verlangten von ihr nie, ausführlich zu werden. Das war wohltuend. In erster Linie saß sie da, hatte Spielkarten in der Hand, was immer noch eine einigermaßen unterhaltsame Beschäftigung war, zumal sie keine fremde Einmischung vorsah, hörte zu und antwortete, falls sie dazu Lust hatte. Man war in der gebotenen Kürze ehrlich, prüfte die nächste Karte und die Möglichkeit, sie ablegen zu können, und ignorierte die Einladung, jeder Äußerung ins Unabänderliche folgen zu müssen, egal, wie dunkel und unheimlich die Umstände auch sein mochten, die ihr den Glanz verlieh, der einen, wenn man ihn nur lange genug anstarrte, blendete. Das Gelingen einer Patience war, wenn man es nicht so genau nahm, dem Mißlingen eines Lebens wenigstens so lange ebenbürtig, bis das Spiel gespielt und ihr guter alter Freund gegangen war. Danach mochte es sein, wie es immer war.

Was hatten Sie vor? Wollten Sie Erfahrungen sammeln?

Ach was, ich verschenkte welche! Ich war ein Dickkopf, den Kopf voll von wildromantischen Ideen. Ich war durchgedreht, unheilbar, wie sich ja inzwischen herausstellt. Oder glauben Sie, ich hätte sonst – ich war damals, warten Sie, ich war neununddreißig, immerhin neununddreißig, also längst jenseits jeder Pubertät – diesen Idioten von Holländer geheiratet? Seine Wohnung, sogar die Küche, sah aus wie ein Mädchenzimmer. Da saß er drin und stopfte seine Eichhörnchen aus. Ich kann mich nicht erinnern, daß er je etwas mit dem gleichen Vergnügen getan hätte.

Ein Sack Scheiße, fluchte Pollak, der sich zwar, die Stimme zurücknehmend, sofort bei seiner Gastgeberin für die unnötig saftige Grobheit entschuldigte, den Wahrheitsgehalt seiner Äußerung deshalb aber nicht im geringsten anzweifelte und sich, zurecht, wie er fand, mit einer letzten, allerletzten Traube selbst belohnte. Sie hatten ein paar Monate lang in der gleichen Fußballmannschaft gespielt, eine insgesamt eher trübselige Erfahrung, wenn man davon absah, daß es half, wenigstens diese neunzig Minuten mit dem Rauchen von Zigaretten Schluß zu machen. Der Holländer spielte damals im Tor, ein König, der in seinem Thron stand, seinen offenbar angeborenen Hang zur Überheblichkeit zur Schau stellte und die Schlacht vor ihm befehligte, ein langer Kerl, der sich überschätzte (er ging von der damals weit verbreiteten Meinung aus, daß nur ein baumlang gewachsener Mensch zum Torwart tauge, und übersah, wie leicht ihm flache Schüsse durch die Beine rollten). Nun gut, es ging um nichts, aber daß er die gesamte restliche Mannschaft beschimpfte, ging dann doch zu weit. Ein Sack Scheiße eben, mit einer Sprungkraft, die zum Himmel stank. Nennen Sie mir (da, wieder war ein Kern zwischen zwei Zähne gerutscht und saß dort fest!), nennen Sie mir einen triftigen Grund, einen Idioten zu heiraten.

Als angehender Diamantenhändler sah die Sache, sagen wir so, vielversprechend aus, wie wär's damit? Einverstanden?

Ein Sack Geld? Nein, verzeihen Sie, das wäre doch noch idiotischer.

War es auch, natürlich. Das sah ich immerhin dann auch ein und schickte ihn ins Land der Eichhörnchen. Ein eintätowiertes Segelschiff auf dem Unterarm eines Zigeuners hatte mich auf die Idee gebracht. Seitdem gilt er, höflicherweise, als verschollen. Und mit ihm auch sein Geld. Waren Sie auch mal drüben im Eichhörnchenland?

Ich war selbst ein Eichhörnchen, und zwar das einzige mir bekannte Exemplar, das das Ausstopfen überlebt hat, und das gleich viermal.

Hatten Sie nie Lust auszuwandern?

Natürlich, natürlich, und zwar zu Fuß über die Beringstraße in aus Filz gefertigten Stiefeln und mit einem Stück Himmel in der Hand. Man kann ja nie wissen. Vielleicht wäre ich unterwegs einem Mädchen wie Ihnen begegnet. Aber übrigens, gibt es eine Fotografie, die Sie in Hosen zeigt?

Ich hatte sogar einen Zylinder auf. Niemand erkannte mich. Niemand wußte, wer ich war, was ich wollte. Niemand war darauf gefaßt, daß ich eine Frau war.

Ihr Vater erfuhr von dem Unfug und bat sie, weil er gar nicht vorhatte, ein Donnerwetter auf sie loszulassen, ihn auf einen Spaziergang zu begleiten. Sie jubelte. Sie hatte sein Versprechen, daß er ihr eines Tages Seidenstrümpfe kaufen würde, und so hoffte sie auf die ersehnte Überraschung. Stattdessen klärte er sie über seine Kenntnisse auf. Wohl war ihm dabei aus vielen Gründen nicht. Er bedauerte zum Beispiel, jetzt nicht zaubern zu können, denn dann hätte er einfach nur gelacht. Immerhin gelang es ihm wenigstens, ein allzu enttäuschtes Gesicht zu vermeiden. Er wirkte auch keineswegs niedergeschlagen. Erstens ging er wie selbstverständlich davon aus, daß sie sich an die wichtigste aller notwendigen Spielregeln gehalten hatte, die einer vollkommenen Diskretion. Aber was er gehört hatte, waren nicht Gerüchte gewesen, sondern die Beichte eines Duellanten, ein Gespräch unter vier Augen, das Geständnis eines alten Freundes, der verhängnisvollerweise viel zu spät bemerkt hatte, mit wem genau er das zuerst allerunterhaltsamste Vergnügen gehabt und den seither das Gewissen geplagt hatte. Genau den Eindruck machte er auch. Es war unangenehm, ihm im Zustand gereizter

Verwirrung gegenüber stehen zu müssen. Er sei, sagte er, zu ihm gekommen wie zu einem Richter und beuge sich jedem Urteilsspruch. Ein Freispruch war unmöglich, auch der gnädigste Vorsitzende hätte das zugeben müssen. Aber ebenso unmöglich war, ihn zu verdammen, anzuklagen oder zur Übersiedlung nach Moskau zu raten. Das Gespräch war kurz. Sie kamen überein, nie wieder darüber ein Wort zu verlieren und eine lange Freundschaft mit einem Handschlag zu beenden. Es tat ihm leid um den Mann, der schon jetzt, und das bis zu seinem Sterbetag, mit dem Bewußtsein würde leben müssen, ein lächerlicher Mensch geworden zu sein, von einer Minute auf die nächste, aus einer Laune heraus. Eine Fußnote der Sittengeschichte, mehr nicht. Und wer weiß, wie unschuldig er sein mochte? Die Strafe war, wie er fand, zu hart, viel zu hart, aber das Urteil hatte ja nicht er gesprochen. Das war Sache einer anderen Instanz.

Seither war er in Gedanken mit dem Vorfall beschäftigt. Seltsamerweise begann er gleichzeitig, sich wieder für sich selbst zu interessieren. Es lag ihm nicht, übertrieben ehrlich mit sich umzugehen. Auch er hatte Ausreden parat, noch bevor er sie gezwungenermaßen auftischen mußte. Kleine kluge Lügen respektierte er als Phantasieprodukte, was natürlich wieder nur eine Ausrede war. Sei´s drum. Seine Tochter hatte den ihr angebotenen Arm genommen, und so gingen sie dahin.

Nicht so lange zurück wie sein Versuch, den Kinnhaken salonfähig zu machen, lag der letzte seiner Seitensprünge. Dabei beschützte er mit altmodischer Höflichkeit zwar die Liebe zu seiner Frau, mehr als Liebe natürlich längst nur noch eine liebe Gewohnheit, aber aufhören, sie zu betrügen, wollte er auch nicht. Du sollst nicht ehebrechen – war dieses Gebot auf Moses Gesetzestafeln nicht extra und wohlweislich kursiv in Stein gehauen worden? Natürlich, es gab ein Limit, und es gab Bordelle. Konservativ, wie er nun mal dachte, verfügte er, wenn ihm danach war, über genug Geldmittel, die Räumlichkeiten (alle Räumlichkeiten) eines unbedeutenden kleinen Stundenhotels für Abende oder ganze Nächte anzumieten, das Personal mit einem Trinkgeld abzufinden und nach Hause zu schicken, alle bis auf den Betreiber, einen Mann seines Vertrauens. (In ihm dürfen wir auch den Komplizen vermuten, der ihm die Durchschlagskraft eines gezielten Kinnhakens ans Herz gelegt hatte.) Seine Vorsicht ging so weit, daß er es nie mit nur einer einzigen weiblichen Person zu tun haben wollte. Mißverständnisse waren nie ein Vergnügen, und jede etwa gehegte Hoffnung einer einzelnen Person, sie könne, bevorzugt wie sie sich vorkam, zur Mätresse aufsteigen, wäre verhängnisvoll – und das Ende jeder Ausschweifung. Er spielte, zahlte das Spiel, zahlte gut und gern, für Hunger nach Liebe war er aber nicht zuständig. Er unterwarf sich diesen Liebeskünstlerinnen zwar, aber sie alle miteinander waren Teil seiner Inszenierung. Und so war immer mindestens ein zweites Fräulein anwesend, wenn nicht ein drittes.

Andere hatten im Theater ihre Logen, er lag im Bett, bisweilen ausruhend und unterhalten, bisweilen verschlungen in Experimenten der elementarsten Art, und bedauerte alle seine Freunde (und alle Männer, denen er nie begegnen würde), die sich mit verheirateten Frauen einließen, sich und vor allem ihr Vermögen mit Affairen belasteten, die unmenschlich waren, die aber erst richtig ins Schwitzen kamen, als Lenin auftauchte.

Da er mehr als nur ein Faible für selbständige Frauen hatte, Frauen, wie er das nannte, mit einem Schuß anarchistischer Eleganz, fiel es ihm leichter, den von seiner Tochter auserkorenen Männern zum doppelten Vergnügen zu gratulieren. Sie waren erstens davongekommen und erfreuten sich zweitens, im Ohr noch das scharfe Echo einiger Schüsse, der Gegenwart einer Nymphe.

Sie gab keine Antworten. Kein Wort kam über ihre Lippen. Sie glaubte im Ernst, ihre Stimme könne sie verraten.

Sie glaubte ihrer Verwandlung. Sie war, was sie sein wollte: ein junger Mann, die Haare kürzer als die der Soldaten, der sich nur zum Vergnügen der Männer in eine Frau verwandelt hatte. In der Ausübung ihrer Extravaganzen waren ihr die Herren gern behilflich. Sie legten gar keinen Wert auf ihre Enttarnung. Es schien sie zu betäuben, was da vor sich ging. Einige feuerten einen Schuß in die Zimmerdecke ab, nur um sicherzustellen, daß sie nicht etwa träumten. Es würde, was da mit ihnen geschah, unwiederholbar sein, aber auch bleiben müssen. Trotzdem, man fahndete nach ihr. Man handelte sie als Geheimnis. Es war anstrengend, nicht aufzufliegen. Es ging über ihre Kräfte. Sie brachte ihr Kostüm zurück, aber der Engel war verschwunden, ohne Angabe einer Adresse. Am Ende war ihr also nur das Geheimnis seines Verschwindens geblieben.

Ihr Vater hätte der Einschätzung, ein Mann von zweifelhafter Moral zu sein, sicher grundsätzlich zugestimmt, wenn auch nicht ausgerechnet im Familienkreis, und sich sicher auch verständnisvoll entschuldigt für diesen Mangel (Mangel an was eigentlich, fragte er sich zuweilen, wenn er sich die Schuhe band, um auszugehen, die Kraftstationen seines Blutes schon jetzt auf Hochtouren arbeitend), die Auswirkungen allerdings als wenig schädlich eingestuft. Zufälle darf man nicht zähmen wollen. Es gab ein Leben, das keinem gehörte. Irgendwo da draußen rannte es herum und spielte Verstecken. Oder spielte Liebe! Die Spielregeln waren in Geheimschrift verfaßt. Unter den Spielern Schriftgelehrte und Analphabeten. Der Sieger wurde unter denen ausgelost, die leer ausgingen. Ein ungerechtes, aber immer noch reizvolles Spiel, das die einen mit hysterischem Schweigen, andere mit vorgetäuschter Unverwundbarkeit verfolgten ... was sich freilich inzwischen anhört, als brüte er über einem Vortrag über genau dieses Thema, zu halten an einem regengrauen Herbsttag vor Historikern des

Sündenfalls, die erst dann, und das bekanntlich verdrieß-
lich, den Blick zurück zur Erde wenden, wenn der Luftballon, dem sie nachschauen, nur noch den Durchmesser
eines Wassertropfens hat.

Dummheiten war er von ihr gewohnt. Andererseits – sie
war ja nicht die Tochter von irgendwem – konnte er die
Sache nicht auf sich beruhen lassen. Und so hielt er eine
kleine Rede, setzte ihr in einem ebenso klugen wie men-
schenfreundlichen Referat auseinander, daß man nicht
geheimnisvoll wirken könne ohne Geheimnis, nicht, wenn
man bei Gesundheit und Verstand bleiben wolle – und bei
einem Mann, den zu besitzen sich lohne. Ihre Augen waren zwar rundherum mit einer gehörigen Portion schwarzer Tusche eingetrübt, aber ihr Blick versprach Gehorsam. Was für eine Tochter sie sein konnte! Wie einfach
alles war am Arm ihres Vaters, der schon wieder zu Scher-
zen aufgelegt war. Mit seiner guten Laune verdarb er ihr nur
die Chance, ihm böse zu sein. War das wirklich sein Ernst,
daß sie jemand ohne Geheimnis war? Schwermut war eine
Krankheit, kein Geheimnis. Schlimmstenfalls, mein Kleines, ist sie weiter nichts als eine nervtötende Mode.

Es hatte inzwischen zu schneien begonnen. Noch konnte man mit dem Finger auf jede Schneeflocke deuten. Bis
der Winter vorbei ist, sagte er, werde ich sie alle gezählt
haben.

Sie legte die letzte Karte. Die Patience war aufgegangen.

Sie war ein wenig müde. Es war anstrengend, dieses nutzlose Leben. Schade, daß nicht Čechov es war, der ›Anna
Karenina‹ geschrieben hatte. Vielleicht hätte mich das
heilen können.

Immer wieder schaffte es Pollak, verschwunden zu sein, bevor sie es bemerkte. Plötzlich war der Stuhl leer, bevor sie
reagieren konnte. Dabei hätte sie schwören können, ihm
gerade noch zugehört zu haben. Der naheliegende Verdacht, sie habe Selbstgespräche geführt und einen Gast

habe es nicht gegeben, beunruhigte sie nicht weiter. Sie sah den Unterschied nicht und würde, wenn er sie nächste Woche wieder besuchte, ihn darauf auch nicht ansprechen.

Aber er kam nicht.

Dann mußte er, folgerte sie, tot sein. In einer der hiesigen Tageszeitungen (also doch Neuigkeiten!), die sie nicht etwa kaufte, sondern im Beisein eines empörten, jedoch machtlosen Verkäufers, der fast die Kontrolle verlor angesichts der Sturheit, mit der sie ihn ignorierte, auf dem Graben der Reihe nach stehend durchblätterte, fand sie, was sie suchte: die Tabellen aller Termine für die Bestattungen der verschiedensten Wiener Friedhöfe. Da, tatsächlich – unverdienterweise war sein Name durch einen Druckfehler entstellt und las sich nun wie das Schimpfwort, mit dem jeder, der es darauf anlegte, eine ganze Nation beleidigen konnte –, sie brachten ihn morgen zu einer ziemlich unchristlichen Zeit unter die Erde.

Der erste Gedanke, der ihr dazu einfiel, war nicht, ob sie zu seinem Begräbnis überhaupt erscheinen sollte – das kam gar nicht in Frage, weil es ihr die Laune verdarb, mitansehen zu müssen, wie ein Sarg in einem Erdloch verschwand –, sondern eine Frage, die sie sich auch bei ihrem letzten Zusammentreffen wieder gestellt hatte, warum sie beim Betrachten dieses Mannes unfähig war, ihn sich fünfzig Jahre jünger vorzustellen, eine Voraussetzung für die nächste Frage: ob er ihr damals gefallen hätte, wie sehr, wie lange. Wäre er ein möglicher Kandidat gewesen? Aber das Gesicht Pollaks war durch keine noch so kühne Bearbeitung ihrer Vorstellungskraft zu verjüngen. Es war alterslos und damit der frivolen Spielerei ihrer Gedanken entzogen.

Jetzt, wo er beneidenswerterweise tot war, vermißte sie die Sammelleidenschaft dieses Archäologen ihrer Seele auf die gleiche Weise, wie jemand einen Talisman vermißt, von dem er sich, wie der Aberglaube es will, Schutz versprochen hatte. Sein Versprechen, ihr die nötige Menge irgendeins vertrauenswürdigen und leicht löslichen Giftes zu besorgen, konnte er nun, doppeltes Pech, auch nicht mehr einlösen. Er wird doch nicht etwa genascht haben?

Wieder nichts, schrieb sie immer öfter in ihr Tagebuch.

Es gibt nun mal in Rußland keine Stierkämpfer, hatte ihr Vater sie immer zu trösten versucht. Ja, hatte sie geantwortet, Pech gehabt.

Wie ausgelassen er sich benehmen konnte, wenn ihm eine Antwort gefiel. Daß sie von der eigenen Tochter kam und klang wie die Bemerkung einer Geliebten (einer, die sich vor einem Spiegel gerade die Haare löste und ihm dabei den Anblick ihres kürbisgroßen Hinterteils bot), versetzte ihn erst recht in Laune. Dann war er wie einer aus ihrer Bande, die sich Späße erlaubten, die nie weit genug gehen konnten. Sein Kinnhaken hätte ihnen imponiert, auch die Großzügigkeit im Umgang mit seinem Geld und seiner Ausdauer in den Armen einfacher Frauen. Unter denen, die sich verstehen, ist es still. Habt Nachsicht mit der Stille. Und lacht nicht andauernd. Wer Humor hat, lacht nicht. Man stimmt zu, mit vor Vergnügen glänzenden Augen, und schämt sich der Mutlosigkeit, die immer gleich Ernst macht mit allem. Sind Eure Selbstmorde denn etwas anderes als Folklore? (Pollak hatte sich noch letzte Woche ihr gegenüber ähnlich abfällig geäußert.) Folklore wie der Griff zur Flasche. Aber Alkohol ist kein Erfinder, und wer zu viel redet, träumt falsch. Und noch eins, hätte Vater sie ermahnt, erfindet den Menschen ein Spiel, das keinen Gefallen findet an Siegern und keinen an Indiskretion.

Nun, diskret waren sie alle nicht. Jeder suchte jede Nacht im Körperteil einer anderen Frau nach dem Geheimnis der eigenen Seele, und dann diskutierten sie nächtelang darüber und sahen dabei aus, als befänden sie sich im Bauch eines Walfisches. Im Frühling waren sie in die Birken verliebter als in die Mädchen. Der übelste Wodkaverschnitt war gut genug, um auch die letzten Reserven ihrer Freude, Ausgelassenheit oder überschäumenden Traurigkeit anzuzapfen.

Wenn sie sich der Reihe nach dann ihre Gesichter anschaute, sah sie die Hinterlassenschaften vieler Völkerwanderungen. In ihnen spiegelte sich die unbegreifliche Größe Rußlands, seiner Landschaften, seiner Steppen, seiner Ströme, seiner Dörfer. Die Menschen waren nicht überall bemalt wie Theaterfiguren, nicht alle auf Bühnen unterwegs, verfüttert an Gedichte. Wir, die wir hier saßen, genügten allenfalls stundenweise den Anforderungen eines Lebens, das vor den eigenen Augen zerfiel, in den Ausmaßen einer Katastrophe und mit einschüchternder Gründlichkeit. War trotzdem alles, wie sie behaupteten, eine Komödie?

Als ihre Mutter sicher war, daß sich die Männer und die Frauen, die Anlaß der ganzen Aufregung gewesen waren, in philosophischen Betrachtungen aufgelöst hatten, nahm sie die Hände von den Ohren und räumte den Tisch ab. An einem dieser glücklichen Abende erzählte Vater, wie er eine Frau unberührt ließ, weil sie Seidenstrümpfe trug.

Die Erfindung
eines glücklichen Menschen

Die ganze Zeit, während er doch seit dem Aufwachen nur damit beschäftigt gewesen war, seinen Jungen zu beaufsichtigen, der wegen einer Erkältung nicht zur Schule gehen konnte – richtiger wäre: er wollte wieder mal nicht und hatte gestern, statt sein Nachtgebet zu sprechen, seiner Rotznase den Geheimbefehl erteilt, sich auf einen Schnupfen einzustellen, den er erfinden würde –, hatte der Schriftsteller Wrenkh an die fast zu Ende geschriebene Erzählung gedacht und an die Schwierigkeit, die er völlig unvermutet nun doch noch mit ihr hatte.

Er hatte zwar nicht den Anlaß vergessen, weshalb sie vor gut einer Woche begonnen worden war, aber doch die Wirkung unterschätzt, die sie dann auf ihn auszuüben begann, weshalb er immer mehr der Verführung erlag, sie unerwarteten Einfällen und hymnisch aufschäumenden Abschweifungen anzuvertrauen. So leuchtete sie nun (unvollendet) in einem Strahlenkranz stillschweigender Überblendungen. Aber nicht nur das. Sätze schienen sich (ohne Einmischung ihres Autors) miteinander unterhalten oder, kaum vernehmbar, in Erinnerungen schwelgen zu wollen, natürlich ohne die geringste Lust, sich kurz zu fassen. Der gleichen Leidenschaft frönten inzwischen auch die einen oder anderen Details; von anderswo her brüllten Figuren dazwischen, die gegen ihre Erfindung protestierten. Jede Kleinigkeit spielte sich plötzlich auf wie ein König, gegen den das Todesurteil doch längst verhängt war. Unser Autor befand sich mitten in einem Putsch und war selbst in Gefahr, aufgespießt zu werden. An den Galgen mit ihm! Plündert die Schatzkammern! Tötet, was glänzt! In etwa lauteten die Parolen jetzt so.

Wrenkh, der seinem Sohn gegen dessen Willen gerade kleine, sorgfältig von der Schale und dem Kerngehäuse befreite Apfelschnitze in den Mund schob und ihn ermahnte, sie gut zu kauen – was er kopfnickend zwar versprach, dann aber doch nur vortäuschte –, hatte nichts dagegen, den Thron des literarischen Alleinherrschers zu räumen, zumal er anfing, sich seiner Machtlosigkeit mit einem Vergnügen auszuliefern, das einem Gefühl der Unbesiegbarkeit ähnlicher war als der Vermutung, versagt zu haben. Wie wichtig wäre es jetzt nur gewesen, sich in stiller, entspannter Aufmerksamkeit in das Zentrum dieser tanzenden Turbulenzen begeben, sich dort niederlassen und ausharren zu können. Aber daran war natürlich vorerst nicht zu denken.

Sogar der Junge hatte es geschafft und war, ohne seine Einwilligung und ohne des Lesens schon allzu kundig zu sein, immer wieder in die Geschichte gehüpft, schraubte dort die Kommas ab und warf sie gemeinsam mit den vielen Gedankenstrichen, die er alle zuvor angemalt hatte, in die Ecken. Er machte auch sonst kurzen Prozeß. Eine Geschichte war eine Spielwiese und jede beschriebene Din-A-4-Seite für ihn im Moment nichts weiter als ein Bahnhof voller Gleise, jede Zeile ein Schienenstrang und deshalb wie geschaffen für die Lokomotive, einem billigen kleinen Plastikding, mit dem er sonst immer nur herumgeworfen hatte. Nach ein paar Runden, bei denen er demonstrierte, daß es noch besser flog als fuhr, erfand er sofort ein Wettrennen zwischen ihm als Lokomotive und – »versuch es mal, Papa, ja?, sonst helf' ich Dir« – einem Schmetterling.

Man hätte, wäre man bei der Sache gewesen, seinen Spaß haben können. Die Idee war (die Nerven, die man aufbringen mußte, vorausgesetzt) nicht nur poetisch, sondern vor allem naheliegend, denn zur gleichen Zeit beugte sich ein junger Mann auf einer Wiese unterhalb eines Bahndamms gerade über ein Mädchen und suchte nach einem Einfall, der ihm weiterhelfen würde, seinen Spaß zu haben. Die Vorstellung, daß eine Lokomotive einen Säftesauger rammte (wie es die Phantasie verlangt, kriegt der Zug dabei ganz schön was ab), könnte, so hoffte er wenigstens, ausreichen, um ihr, wenn er die Geschichte nur etwas ausschmückte, früher oder später doch noch den Kopf verdrehen zu können, zumal sich der Schmetterling bereits in die fünf Finger seiner freien Hand verwandelt hatte, die sich zitternd auf ihren entblößten Schultern niederließen, bis er die Umstände für günstig (sie hatte die Augen geschlossen) und die Zeit für gekommen hielt (näherte sich da hinten nicht eine Regenwolke?), sich einen Kuß zu stehlen. Mehr als eine zaghafte Berührung wurde allerdings daraus erst einmal nicht. Die Lokomotive reagierte nicht.

Wo war sie mit ihren Gedanken? Hatte sie überhaupt zugehört? Sie war doch nicht womöglich eingeschlafen? Unser unglückseliger Anfänger von Jüngling hatte, nebenbei gesagt, noch nicht einmal herausgefunden, ob sie hübsch war. Stattdessen bekümmerte ihn die Vorstellung, es könne sein Herzklopfen zu hören sein und alles verderben. Der Schweiß brach ihm aus. Statt zu reden (was, worüber?), schrieb er ihr Briefe und fühlte sich schon bei der Anrede kaputt vor lauter Unentschlossenheit. Was macht man, wenn man nicht raucht, mit der ganzen Zeit, in der einfach nichts gelingen will? Er zupfte an einem Pflaster an seinem Daumen herum, entwarf (und verwarf) den Wortlaut einer Liebeserklärung, bekam Durst, zerdrückte eine Ameise, die sich auf seinen Unterarm verirrt hatte und kapitulierte schließlich vor seiner Unfähigkeit, sich nicht weiter wichtig zu nehmen, auch wenn es, wovon er überzeugt war, um alles ging, zumindest um sein gesamtes weiteres Leben.

Wieder ein Tag, dachte er trübsinnig, dessen Datum ich in meinem Tagebuch schwarz umranden kann. Er hätte sein ganzes Gesicht schwarz einrahmen wollen. Was er ein paar Monate später dann auch tatsächlich tat. Von den

Socken bis zu den Haaren war alles, was nicht Haut war, schwarz. Fehlte nur noch, als letzte Abrundung seiner untröstlichen Erscheinung, ein Backenbart à la Pushkin, dessen Porträt er in Postkartengröße in seinem Zimmer hängen hatte; aber da spielten die Gene nicht mit. Bartwuchs war in seiner Familie kein Thema.

Als habe er gerade einen zweiten, dieses Mal aber richtigen Kuß gewonnen (darauf ein Aspirin!), setzte er den Schmetterling also noch einmal in Bewegung und zielte auf die Lippen des Mädchens, wobei der Kuß, den er ersehnte, nicht viel mehr bedeutete als die Aufforderung, die Rollen besser zu tauschen, denn er wartete ja nur den Moment ab, daß sie reagierte, die Augen endlich öffnete, ihm die Lokomotive in die Hand drückte und, wunderbar verwandelt, ihre Flügel öffnete. Die aggressive Zweideutigkeit der Rollenumverteilung entging ihm natürlich, verwirrt und umständlich wie er war, völlig. Zu lange war er schon darauf aus, sich näher mit den Knöpfen an ihrer Bluse zu beschäftigen – wenn es schon, wie es aussah, völlig ausgeschlossen schien, daß sich sein Wunsch, auf der Zunge der Geliebten zu landen und von ihr wie eine Delikatesse verspeist zu werden, erfüllen könnte!

Hilfesuchend wendete er den Blick wieder zum Himmel. Richtig, die Regenwolke! Was trödelte sie auch so lange herum? Wie viel einfacher wäre alles, wenn er den Angriff auf ihre verlockenden Talente mit dem ritterlichen Schutz vor einem Wolkenbruch bündeln könnte. Da sich aber kein Regentropfen seiner erbarmen wollte und das Schweigen und die bedrohliche Untätigkeit des auserkorenen Objekts seiner Begierde ihn weiter verwirrte, bleibt uns nur, ihm unser Mitleid zu gönnen, wenigstens das. Selbst eine so strenge Frau wie seine Mutter wäre entsetzt gewesen, wie linkisch er sich anstellte.

Wenn der Autor sich nicht verzählt hatte, befanden sich inzwischen also insgesamt zwei Lokomotiven und zwei Schmetterlinge in Umlauf. Aber wem sollte er deshalb böse sein? Im Zimmer (und inzwischen auch zwischen den Wiesenblumen) tobte eine Schlacht, keine Spur mehr von einem ordentlichen Wettrennen. Und ohne Zweifel sah es ganz danach aus, als würden sich die ungleichen Wettkämpfer auch noch vermehren. Wußte noch wer, worum es ging? Am Ende aber waren alle gleichermaßen atemlos.

Doch dann donnerte da oben tatsächlich ein Schnellzug über die Gleise, und eine Frau, der unser Autor mit besonderem Interesse ergeben sein mußte (hätte er sie sonst mit dreifarbigen Augen ausgestattet und mit folgender Beschreibung ihrer Wirkung bedacht: »Vor ihr hatten selbst die Blumen Angst, die man ihr in die Hand drückte«?), schaute auf der Fahrt mit leerem Blick auf die im Regen blühenden Maiwiesen. »Nun gut, wie man's nimmt. Was ist eigentlich schon passiert. Um Spielschulden abzuzahlen, würde sie untertauchen und, für ein halbes Jahr oder so, unter dem angenommenen Namen Raffaela van Bargen in einem nicht als sehr ehrenwert geltenden Beruf die Summe zusammenverdienen und dann zurückkehren.« Da er sie in ihrer sorglosen Kontemplation nicht weiter stören wollte, schaute er sie nur an und verkniff sich die Frage nach den Männern und wie oft sie unzufrieden gewesen war mit all dem Glück mit ihnen. »Ein Kondom, mein Lieber, hätte genügt, und es gäbe dich nicht, kanzelte sie einen Verehrer ab, der ihr einreden wollte, der Himmel habe ihn geschickt.«

Kurzum, aus der Geschichte war ein Monstrum geworden, vor dem er staunend in Deckung ging. Sie ähnelte mittlerweile einem Baum, dessen Wurzeln an den äußersten Spitzen seiner Zweige wuchsen. Wie sollte Wrenkh darauf reagieren? Mit der Gartenschere? Mit botanischer Bravour? Mit einem Lachanfall über die Vögel, die dort nisteten? Genügt Geduld? Soll man (wie lange: einen Tag, eine Woche?) die Augen schließen, bevor man Entscheidungen fällt? Glaubte er zu stark an das Zerfallsdatum dessen, was die Welt an ewigen Freuden zu bieten hatte, und hatte es deshalb mit allem immer so eilig?

Wrenkh sollte unserem Tolpatsch von Liebhaber Jahre, viele Jahre später noch einmal über den Weg laufen, ohne daß er sein Geschöpf freilich wiedererkannte. Wie auch, es war nur die sichtbare Ergänzung längst vergessener Gedanken.

Alles an diesem trostlos exzentrischen, in seinem Wesen aber stillen Kerl war noch schwärzer geworden, zuletzt auch seine Zukunftsaussichten. Es geschah an einem Sommerabend in Berlin, schon spät, und Wrenkh unterhielt sich nach dem Genuß einiger Flaschen Wein in bester Laune mit einem Freund, der wiederum einen ihm unbekannten dritten und vierten Freund mitgebracht hatte, gerade über einen amerikanischen Film und nebenbei noch über die unterschiedliche Qualität grüner und schwarzer Oliven, die vor ihnen auf dem Tisch standen, als er mitbekam, wie der Kellner, der nur das Ende des Gelages abwartete, um endlich zusperren zu können, einen Mann (mit auch auf die Entfernung erkennbaren tragischen Anzeichen einer allzu raschen Vergreisung) von der Terrasse zu vertreiben versuchte. Er sah eine Art somnambuler Erscheinung, umhüllt in eine schwere schwarze Pelerine, das Gesicht fahl, die Locken üppig und schwarz wie verkohltes Gestrüpp. Wrenkh sah das Ideal eines Dichters, wie es in seiner Phantasie, der romantischen Vorstellung seiner Jugendjahre, so lange und so beneidet existiert hatte: verstoßen, verloren, armselig, ganz und gar die Ausgeburt eines Spleens, der das Altmodische allem Aktuellen vorzog. Als ahnte er ihre rätselhafte Verwandtschaft, mischte sich Wrenkh in den kleinen Streit insofern ein, als er sich bei dem Kellner erkundigte, weshalb er Unhöflichkeiten gegen einen Fremden, der keineswegs betrunken war, von sich gab und dabei auch noch in landesüblichem sizilianischem Temperament übertrieb. Gleichzeitig winkte Wrenkh den Mann zu sich. Wobei sich herausstellte, daß dieser Mensch nicht etwa nur bettelte, sondern anbot, Verse rezitieren zu wollen. Was das koste, wollte einer der Freunde wissen. Eine Kleinigkeit, antwortete der Poet. Na gut, aber nicht gleich alle Strophen, versuchte der andere der Freunde die Prozedur abzukürzen. Wrenkh dagegen schwieg. Er fühlte sich nicht mehr in der besten aller Launen, lehnte sich aber trotzdem entspannt zurück und betrachtete diesen nachtaktiven Sonderling, der zur Auswahl Verse von Tasso, Uhland, Kleist und, was er mit einer Verbeugung, die einem Kniefall gleichkam, ankündigte: Verse von eigener Hand zum Vortrag anbot. Um Gotteswillen, stöhnten die zwei Freunde, die das Ganze bestenfalls als pure Belustigung gelten lassen wollten. Tasso, entschied Wrenkh und bot ihm (pour le poète) einen Schluck Wein an, was dieser ablehnte. Er begann seine Rezitation (und das auch noch im Original und natürlich in koketter Verachtung jeder Natürlichkeit) und schlug danach, den Blick ausschließlich auf Wrenkh gerichtet, vor, auch etwas Eigenes aufsagen zu dürfen. Selbstverständlich war Wrenkh neugierig und nickte. Und fühlte sich (eine Transaktion seines Gewissens) gleichzeitig verraten und verstanden. Da saß er – und neben ihm ragte ein Büßer in den Nachthimmel, der jede Angst verloren hatte, sich lächerlich zu machen, und der, nach dem Aufsagen eines kurzen eigenen Vierzeilers, den angebotenen Geldschein entgegennahm, sich einigermaßen zeremoniell verabschiedete und, schwarz in schwarz und scheinbar ohne Bodenhaftung, in der Nacht verschwand.

Wenn Zufälle Rätsel sind, so behielt dieses sein Geheimnis für sich. Schickt drum nach dem Geiger. Daß er eintrete. Mit verbundenen Augen. Gebe er sein Bestes.

Auch wenn er, wie jetzt gerade, in der von seinem Sohn erdachten Rolle eines liebenswert krummbeinigen, alten Bären, eines wahren Dummkopfs von einem Bären, schwerfällig, und natürlich auf allen vieren, über den Boden rutschte, konnte Wrenkh doch an kaum etwas anderes als an seine Geschichte denken. Konzentrieren aber konnte er sich auf seine Gedanken natürlich auch nicht. Es war unfair, dem Kind einen Bären aufzubinden, der nicht bei der Sache war (noch weniger in Gedanken dort, wo ihn die Phantasie des Kindes hinbefohlen hatte, in die Affenkälte irgendwo im Norden Alaskas nämlich), und den eigenen Spaß, nicht arbeiten zu müssen, nur vorzutäuschen. Er kam sich vor wie ein Spielverderber, der er fast bis Mitternacht, als ihm selbst schließlich die Augen zufielen, auch bleiben würde – obwohl er nichts dagegen gehabt hätte, wäre der kleine lästige Quälgeist im Moment genau das, was er (gottlob!) nicht war: ein stilles, gemütvoll in sich gekehrtes, die Welt stumm anstaunendes Menschenkind, einer dieser kleinen Greise, dieser stupsnasigen Ernstlinge, dieser zur Selbstbeobachtung neigenden, viel zu früh schon verplombten Zu-klug-für-Intelligenztests-Knirpse, die mit mannhafter Energie schweigsam sein und noch auf die unschuldigsten Albernheiten ihrer Altersgenossen mit schlechter Laune reagieren und einem tatsächlich Angst machen können, Angst sogar davor, sie zu bedauern.

Aber nein, Unsinn, ermahnte sich Wrenkh, segne Gott das Original! Und ihn mit der Kraft, die eines Grizzlys würdig war, was immer für Abenteuer noch bevorstanden.

Die Wahrheit war aber, daß er sich, und das seit Stunden schon, in denen er Papierflieger gefaltet, Murmeln gesucht, die auf ihrem abschüssigen Weg zum Erdmittelpunkt vorerst einmal, und das fast ausnahmslos außer Reichweite, unters Bett gerollt waren, Buntstifte gespitzt und aus Korken und Kastanien kleine Männchen gebaut hatte (nicht zu vergessen seine drei *Mensch-ärgere-Dich-nicht*-Niederlagen), nach einer Ruhepause sehnte, nach einer Zigarette, die er mit übereinander geschlagenen Beinen rauchen würde, hier am Tisch, verloren in wohltuender Gedankenlosigkeit – wie er die Frau im polnischen Speisewagen beneidete! –, mit der gleichen nie nachlassenden Ausdauer, die ein Kind an den Tag legt, wenn es darum geht, von einem Spiel zum nächsten zu wechseln. Hätte er geahnt, was ihm blühte, Wrenkh hätte dem Kind das Glas mit der Limonade nicht verabreicht. Kaum ausgetrunken (und um ein weiteres Glas bittend) gab es seine allerneueste Weisheit zum Besten, die da lautete: mit ein bißchen Limonade ist das Leben nicht so fade. Kann schon sein, dachte Wrenkh. Er mochte Kinderreime; und gegen Kalauer hatte er auch nichts. Aber dann schäumte das Kind die Limonade und das Leben zu einer Litanei auf, die nicht mehr zu kontrollieren war. Es leierte sein Sprüchlein (made in Entenhausen) mit so gnadenloser Boshaftigkeit herunter, freute sich so sehr, jemanden damit ärgern zu können, daß kein vernünftiges Wort mehr mit ihm zu wechseln war. Es probierte alle nur denkbaren Modulationen aus, mal singend, mal plärrend, mal aufgeregt, mal betont gelangweilt – und gab sich mit seiner Endlosschleife wirklich alle Mühe, ein Scheusal zu sein, zumal es natürlich spürte, wie sein provozierendes Vergnügen an Bedeutung zunahm. Wrenkh hielt sich lächelnd zuerst lediglich die Ohren zu, schüttelte ratlos den Kopf und wartete ab. Dann versuchte er, das Kind abzulenken, was sich als ebenso vergeblich herausstellte. Ein bißchen Limonade? Alles war jetzt Limonade! Sie schwappte gegen sein Trommelfell und diente als Antwort auf jede seiner Fragen und Vorschläge und Ermahnungen, mit dem Blödsinn doch Schluß zu machen. Da war die Kinderstimme aber anderer Ansicht und tobte sich weiter aus. Vorbei war das Spiel infantilen Protests erst nach gut zwanzig Minuten. Die Stimme erlahmte und gab auf. Das Kind hatte die Lust verloren, bereits aber eine andere entdeckt; es prüfte jetzt seine Milchzähne, ob nicht endlich einer auch bei ihm zu wackeln anfing. Bei einem Freund, erzählte es, wackle einer schon.

Nicht einmal zu einem Mittagsschlaf hatte er das Kind zwingen können. Er bewohnte eine Wohnung, die mehr oder weniger nur aus einem einzigen Zimmer bestand; wohin also hätte er es verfrachten und wie es anstellen sollen, daß es sich auch nur hinlegte? War Gewalt erlaubt, vorausgesetzt, man ersparte sich, damit zu drohen? Eine Gewalt, gut verpackt, zum Beispiel mit dem Angebot, ihm das Einschlafen mit einer Geschichte, die er ihm vorlas, zu erleichtern, verabreicht mit einem harmlosen Löffelchen Cognac, vermischt mit Honig? Oder den Vorschlag mit jener flauschigen Augenbinde wieder auftischen, die Passagieren, die ein Nickerchen machen wollten, auf Transatlantikflügen ausgehändigt wird? Er hatte sich zwar zur Probe tatsächlich einmal kurz hingelegt, das Ding ausprobiert, dann aber die, seiner Ansicht nach, viel bessere Idee gehabt, seinem Vater lieber selbst eine Probe seiner Flugkünste vorzuführen, war auf einen Stuhl gestiegen, hatte einmal, zweimal tief Luft geholt, die Arme ausgebreitet und sich mit einem Sprung in die aufgeschichteten Kissen fallen lassen. Toll, was? Was sagst Du dazu, hatte es wissen wollen und war, ohne eine Antwort abzuwarten, für einen nächsten Versuch gleich noch einmal auf den Stuhl gestiegen, diesmal in der Absicht, den Flug in die Tiefe mit geschlossenen Augen auszuprobieren. Was man dazu sagt? Gute Frage! Um was sonst, ging ihm durch den Kopf, geht es denn unter Sterblichen, die wir sind, wenn nicht hin und wieder um den Zauber einer kurzen Sekunde, am besten einer zwischen Himmel und Erde? Der Einfallsreichtum, mit dem das Kind immer neue Ausreden, nicht schlafen zu können, erfand, verblüffte und rührte ihn. Und so gab er es auf, ihm einzureden, wie müde es sein müsse.

Beide Backen noch immer voller Fruchtfleisch, deutete es mit angewidertem Gesichtsausdruck mit dem Kinn auf den nächsten Apfelschnitz vor seiner Nase und schüttelte den Kopf.

Was ist?

Da, die ganzen Flecken da!

Was meinte es? Welche Flecken? Wo?

Die sind ja ganz braun schon!

Die Schnittflächen hatten sich durch die Luft inzwischen tatsächlich leicht bräunlich verfärbt, was kein Grund sein konnte, auf Vitamine zu verzichten.

Ach was, Schluß jetzt und Mund auf.

Nein!

Mund auf!

Nein!

Doch, diesen Schnitz noch!

Nein!

Nur noch diesen einen Schnitz!

Nein!

Und ob! Hier!

Nein!

Wrenkh war dabei, die Geduld zu verlieren. Auf seiner Stirn schoben sich Zornesfalten zusammen, und zwar in Form eines Kreuzes. Zwar hatte die Vorsehung für einen Fall wie diesen Humor verordnet, aber Wrenkh, obwohl ansonsten von der Schädlichkeit von Gefühlsausbrüchen überzeugt, setzte an zu einem Schrei, dessen Kraftfülle die Kapazität sowohl seiner Lunge wie seiner Stimmbänder strapaziert hätte, und ohnedies, selbst wenn er ihn zustande gebracht hätte, wirkungslos geblieben wäre. Was war zu tun, was richtig, was falsch? Er hatte den Überblick verloren und rettete sich aus Verlegenheit in ein umständliches Husten, um Zeit zu gewinnen. Ohne Zweifel, er benahm sich stümperhaft. Wie sollte er sich auf eine Autorität berufen, die ein nahezu ein halbes Jahrhundert umfassender Altersunterschied eigentlich garantieren müßte, wenn dieser Dreikäsehoch, dieser Schlawiner, dieser Teufelsbraten von einem Kind, diese vermaledeite Nervensäge keine Notiz davon nahm, sich auf das Sofa verdrückte und abwartete? Nein, meine Suppe eß ich nicht!

Und so triumphierte einmal mehr die Unversehrbarkeit eines Kindes über den Zorn eines Erwachsenen, der allein schon deshalb zum Lachen war, weil er nichts gegen den Sohn in der Hand hatte als einen Apfelschnitz.

Und den steckte sich Wrenkh schließlich mit schlecht gespielter Gelassenheit selbst in den Mund.

Sag einem Kind nie,
daß es müde ist.
Es rächt sich mit allem,
was die Müdigkeit anrichten kann
in einem Kind.

Was das andere Monstrum betraf, so war er inzwischen dazu übergegangen, sich Gedanken über einen Titel zu machen. Wäre der gefunden, redete er sich ein, würde die Geschichte sich schnell und auf die einzig richtige Weise beenden lassen.

Titel waren so eine Sache. Seine Vorliebe für absurde Titel, deren Sinn ihm entweder entfallen oder, noch wahrscheinlicher, selbst nie recht klar geworden war (und das nicht einmal im Augenblick ihrer Erfindung!), half hier nicht weiter. Sein Hunger auf Titel, die durch ungebührliche Überlänge aus dem Rahmen fielen, war auch gestillt. Noch weniger konnte er sich mit Titeln anfreunden, die mit anmaßender Dürftigkeit prahlten. In seiner Tasche steckte seit langem ein Zettel, auf dem er »Ein Titel soll den Farbton eines Buches wiedergeben, nicht seinen Inhalt« notiert hatte und darunter (leider unleserlich!) den Namen des Autors des Zitats.

Keine üble Behauptung! Die Gauklernatur in ihm applaudierte!

He, Füchslein, hätte Wrenkh jetzt am liebsten gerufen, hast du das gehört? Nicht schlecht, was? Wie wär's, laß uns vielleicht doch mal 'ne Minute die Füße hochlegen und zur Abwechslung was anderes spielen, ja? Und diesmal fang ich an, mein Junge, aufgepaßt. Erste Frage. Rapsgelber Auftakt, mordrotes Mittelstück, elfenbeinfarbener Schluß –

wie heißt das Buch? Na gut, weiter. Wieviel knutschbunte Mittagssonne steckt in einem Titel wie *Lolita*? Oder *Madame Bovary* (der Titel, nicht die Frau): wieviel regengraue Provinz geben die Buchstaben am Ende anschaulich wieder? (Anmerkung: während seiner Recherchen für sein Buch soll Flaubert einen vollen Nachmittag damit zugebracht haben, die Landschaft durch bunte Scherben zu betrachten.) Und noch was, kleiner Scherz zum Schluß: Ist der Inhalt einer Farbtube Farbe oder Inhalt?

Aufregend war es immer, den Farben einer Erzählung nachzusinnen, Menschen zu porträtieren durch die Alchimie ihrer farblichen Mischungsverhältnisse. Aber wie bringt man das prismatische Zittern im Inneren einer Glaskugel auf einen Nenner? Und wie einen knapp Fünfjährigen dazu, sich für das Vergnügen seines Vaters zu interessieren, der auch noch gemein genug war, keinen Fernseher zu besitzen?

Auf dem Tisch lagen Notizen möglicherweise brauchbarer Vorschläge, aber die Schwierigkeit, dieses Knäuel zu entwirren, hatte ihn bereits seit Tagen derart ermüdet, daß er die Möglichkeit eines zündenden Einfalls in Erwägung gezogen hatte. Wohl aber war ihm nicht dabei, was man sogar dem Bären ansah, der sich nur aufbäumte, um zu gähnen.

Für seinen vor Begeisterung ganz aufgeregten Sohn, der sich mit Vorliebe auf seinem Rücken herumtragen ließ, gab es Wichtigeres zu tun.

Fuchs und Bär waren Freunde und wateten gerade mal wieder durch einen Fluß, der das Zimmer durchquerte. Ziel war die rechte hintere Ecke, wo, wie es ausgemacht und mit einem zu einem Pfeil ausgeschnittenen Stückchen Papier von ihnen vorher sogar beschildert worden war, der Fuchs seine Höhle hatte. Unsichtbar wie die Vorräte, die das wachsame und schlaue Tier ihm dort zeigte, stand plötzlich ein Mann im Zimmer. Der Fuchs kannte ihn. Es war immer der gleiche bärtige Mann, ein Jäger mit einem

mit scharfer Munition geladenen Gewehr im Anschlag.
Dort drüben, siehst Du, steht er, direkt am anderen Ufer.
Aber dort, auf dem Tisch, lag nur die Geschichte, die auf
den Titel (und ihren Schluß) wartete. Er wäre nicht unglücklich gewesen, wenn der Mann sein Manuskript entdeckt, die Seiten zerrissen und damit ein Feuerchen gemacht hätte. Aber nein, natürlich brauchte er erst etwas,
das er erlegt hatte, um es braten zu können; wobei der
wertvollere Rest sich wohl später in einen Mantel oder Bett-
vorleger verwandeln würde. Deshalb war er ja in der Wild-
nis hier unterwegs – und das, wie sie sahen, mit gefähr-
licher Entschlossenheit. Hatten sie bei ihren Wanderungen
nicht immer wieder Bäume gesehen, deren Rinde von Ein-
schüssen zerrissen war? Was, wenn er im Schnee ihre Spu-
ren entdeckte und ihnen folgte? War es dann mit dem Einfall getan, ihn in die falsche Richtung schauen zu lassen?

Fuchs und Bär waren sich einig, daß es jetzt auf Leben
und Tod ging, was der Kleine mit wohltuender Erregung
natürlich in vollen Zügen genoß. Ausnahmsweise war er
sogar bereit, sich völlig still zu verhalten, und verstand,
warum Tiere nie sprechen.

Endlich, dachte der Bär, und wäre am liebsten in seinem
Versteck ein wenig eingeschlafen. Hatte er nicht noch
eine Portion Winterschlaf gut? Wie gerne hätte der Vater
mit ihm getauscht, dessen Kopf bereits wieder an die
Chance dachte, die nur der eine, der richtige Titel seiner
Erzählung verleihen konnte. Es kam ja nicht etwa darauf
an, den erzählten Inhalt mit einer Überschrift zusammen-
zufassen (da hatte der zitierte Autor, dessen Namen er
nicht mehr entziffern konnte, recht!), sondern ihn mit
neuen, am besten unerwarteten Bedeutungen anzurei-
chern. Der Titel müßte nicht nur den Leser, er müßte am
allermeisten ihn selbst überraschen. Durch seine Präzision
müßte er dem Geschriebenen ein Geheimnis einbrennen.
Warum sonst sollte man etwas, das man gelesen hatte, ein
zweites, ein drittes Mal zur Hand nehmen?

Da der bärtige Wilderer sich noch immer nicht in Luft aufgelöst hatte (am besten zusammen mit der nicht zu Ende geschriebenen Geschichte), wollte der Fuchs etwas unternehmen. Allmählich wurde ihm die Sache nämlich zu langweilig. Und er mochte es auch nicht, daß der Bär (wie es auch der Vater immer versuchte) ihn festhielt und an ihm roch und dabei brummte, als stecke seine Nase in einem Honigtopf.

Was soll der Quatsch, dachte der Fuchs und befreite sich aus der für ihn ungemütlichen Nähe der Bärennase.

Sie einigten sich, und zwar auf Kommando, auf ein gemeinsames lautes Gebrüll. Sie brüllten, und das so unbarmherzig heftig und laut, daß es in den Augen wehtat. Und siehe da, der Mann rannte nicht nur tatsächlich auf und davon, er ließ vor lauter Schreck auch noch sein Gewehr fallen.

Kinder, verstehe es, wer will, lieben Schußwaffen. Wrenkhs Sohn machte da keine Ausnahme und war sofort fasziniert von seinem Fund, streifte das Fuchsfell ab und ging, vorerst noch allein, zum nächsten Vergnügen über.

Das war, wie der Bär hoffte, eine weitere Chance zu einer kleinen Verschnaufpause, die er im übrigen auch dringend nötig hatte nach all den Stunden, die inzwischen gut und gern der Dauer eines Arbeitstages entsprachen.

Der Bär verließ also die Höhle ebenfalls. Er durfte aufstehen, endlich. Alle Knochen taten ihm weh. Da der Fluß verschwunden war, erreichte er (ohne schwimmen zu müssen) den Tisch und ließ sich auf den Stuhl fallen. Er war bereit, sein Leben seinem Kind zu widmen, aber müßten nicht hin und wieder doch ein paar Minuten drin sein, um mutterseelenallein an den Himalaya zu pinkeln?

Es wäre nicht weiter verwunderlich oder verwerflich gewesen, sich endlich ein paar Gedanken zu machen über die (bisweilen durchaus tyrannischen) Zumutungen, denen ein Vater ausgesetzt ist, der ein unentwegt lebendiges, unentwegt redendes und gefährlich phantasiebegabtes

Kind in seiner Obhut hat, gefolgt vielleicht von ein paar vorsichtigen Schlußfolgerungen über die Strapazen, die nur die Liebe zu einem Kind auf unbegreifliche Weise erträglich machen. Aber er schenkte sich das und beugte sich stattdessen wieder über die auf dem Tisch liegenden Notizen. Er verzichtete in Gegenwart des Kindes sogar auf die längst fällige Zigarette und kaute stattdessen auf einem Bleistift herum – und starrte ins Leere. Der Kaffee, den er trank, war kalt. Auf einer Eisscholle trieb ein ausgedienter, ziemlich ramponierter, roter Schnuller vorbei.

Hatte Wrenkh dem so verschwenderisch blühenden Eifer seines Kindes denn nicht mehr entgegenzusetzen als das Selbstmitleid, immerzu nur gestört zu werden? Warum nahm er nicht selbst Buntstifte (oder gleich Wasserfarben) zur Hand und übermalte, was er sich ausgedacht hatte? Die Frau, die ihre Existenz der Erfindung eines Schriftstellers verdankte, war vielleicht trotzdem ganz froh, nie am Zielbahnhof ankommen zu müssen, um sich stattdessen als ungeschminkte Unbekannte in der tropischen Vegetation eines fernen Landes wiederzufinden, einer Welt ohne Bücher und Theaterstücke – und ohne deren Verwünschungen, die zu Verwicklungen führten, die einer Tragödie immer ähnlicher waren als einer Komödie.

Trotzdem war das alles eigentlich lachhaft. Der Mensch? Ab mit ihm in die Reparatur! Wo aber nur kamen sie immer wieder her, diese philosophierenden Liebhaber, die an Frauen leiden, die von keinerlei Interesse sind? Warum grenzte ein Paar ohne Probleme an ein absurdes Experiment? War ein Kind das einzig richtige Bindeglied zwischen zwei sich widersprechenden Wünschen und die Geheimschrift seines Lächelns genug Literatur? Natürlich widersprach es seinem Temperament, sich seiner Talente zu schämen, die ihm immerhin einen Namen (auch wenn er in der Regel mit mindestens einem fehlenden oder vertauschten Buchstaben daherkam) und fruchtige Honorare eingebracht hatten, aber er fürchtete, daß ihm das

Eingeständnis, ein Versager zu sein, eines Tages doch nicht erspart blieb, noch dazu einer, der sich schon immer mehr um die Ökonomie seiner Kräfte als um deren verzehrende Vergeudung gekümmert hatte. »Zerfall, Einsamkeit, Verzweiflung. Die drei großen Achttausender, die nicht einmal ein Anfall von Wahnsinn in den Schatten stellt. Er durchstöbert alle diese längst geplünderten Ruinenlandschaften, läßt sie weiter verfallen und verfaulen, jeder Mißbrauch ist ihm recht, jede Krankheit, tödlich oder lebenslänglich, ein Paukenschlag, jede Katastrophe, unvermeidlich oder nicht, ein künstlerischer Treffer. Lächerlich! Jeder sogenannte Künstler schüttelt doch die Trommelwirbel mittlerweile nur so aus dem Handgelenk. Er macht einfach so lange Wirbel, bis auch die taubste Nuß begreift, was es geschlagen hat. Das Menschengeschlecht erkämpft sich das Recht, gerne und ausgiebig unglücklich sein zu dürfen. Nichts skandalöser als tiefes, unheilbares Unglück, ein Unglück ohne Ankündigung, ohne Anfang und Ende, ein Unglücklichsein, unantastbar wie Privateigentum. Nichts unentschuldbarer als die Anmaßung, nie sehr und nicht nennenswert oft unglücklich zu sein. Die Ohren dröhnen einem schon lange vom Wohlklang all der Tränen, die vergossen wurden (und werden), weil das Glück der Vogel ist, der stirbt.«

O holde Kunst! Wie liebten wir immer den Schatten der Katze, die ihn gefangen, gequält und ohne Chance gelassen hat.

Was für ein Panoptikum, diese ganze Menagerie, dieser Reigen komischer und symbolischer und, wie im Fall Wrenkhs, leider ziemlich miserabel ausgestopfter Tiere. Was hatte er denn schon zustande gebracht? Sein Apollofalter schaute andauernd auf die Uhr, sein Grizzly ging das Telefonbuch durch (es mußte doch, verdammt noch mal, wer aufzutreiben sein, der Zeit hatte, zwei Stunden mit dem Kind in den Zoo zu gehen!), sein Pinguin … Vergiß es. Das war nie im Leben ein Pinguin. Ein Pinguin, der nicht

komisch ist, ist keiner. Sein Watscheln war lustlos hinge-
schludert. Kein Pinguin geht so, schon gar nicht auf Glatt-
eis. Er gähnt auch nicht. Es war einfach Murks, was er da
am Vormittag abgeliefert hatte. So spielt einer, der jede
Mühe scheut, ein Kind verzaubern zu wollen. Ein Mann
mit einem durch und durch abgeschminkten Gesicht, zu
dumm, den Dummen zu spielen. Hätte nicht das Kind
schon jetzt, wenn es nur seine Gedanken hätte erraten
können, das Recht gehabt, ihm ins Gesicht zu spucken?
Taten das, stolz und ernst, nicht Kinder irgendwann alle,
auch wenn es darunter welche gab, die dabei weinten?

Seit der Vertreibung aus dem Paradies (wo, wenn er sich
nicht irrte, nie ein Kind zur Welt gekommen war) tun die
Menschen das: sie sitzen auf Stühlen und kauen auf Blei-
stiften. Er selbst hatte, wenn er zurückdachte, ganze Wäl-
der auf dem Gewissen. Und der Rest der verwunschenen
Herrlichkeit war bei der Herstellung von Schreibpapier
draufgegangen. Ein Jammer, dem er, nebenbei gesagt,
auch seine Rückenschmerzen verdankte.

Während der Kleine, erst einmal abgelenkt, die Waffe
untersuchte, nutzte Wrenkh die Pause, neue Varianten
denkbarer Titel hinzukritzeln, die er alle aber mit beneidenswert souveräner Entschlußkraft gleich wieder durch-
strich. Hauptsache war, tröstete er sich, es stand, wenn auch
durchgestrichen, erst einmal überhaupt etwas auf dem Papier. Und wie gut es tat, seiner zögerlichen Handschrift
mit einem festen, sicher ausgeführten Strich den Garaus
zu machen. Ihm gefiel diese Sicherheit, die aus der Welt
aller auf den Grund seiner Erzählung gesunkenen Gedanken zu kommen schien.

Mehr als das Notwendige war unnötig. Deshalb gefielen
ihm die Striche – und die Bravour, mit der er sie ausführ-
te. Ihm gefiel ihre rätselhafte Eindeutigkeit, ihre Autorität. Was einem Künstler, dachte er, mit einem einzigen
Strich auf einem ansonsten leeren Blatt Papier gelang! Er
hatte es selbst gesehen. Es ist der Strich eines Bleistifts, der

die Welt in Bewegung setzt, ein einzelner Strich, ausgeführt mit der gleichen Präzision, mit der ein Waldarbeiter einen Baum fällt, einen Baum voller Bleistifte, die dann auf dem Papier jene Art Geschwindigkeit nachahmen, die dem mit besessener Geduld stürzenden Baum entspricht.

Inzwischen hatte der Junge die Rolle des bärtigen Mannes übernommen, war, das Gewehr im Anschlag, vor dem Tisch aufgetaucht und hatte Wrenkh aufgefordert, sich zu ergeben. War jetzt der Zeitpunkt, endlich eine Zigarette zu rauchen, die letzte, die doch jedem zum Tode Verurteilten, falls er Raucher war, zustand?

Im gleichen Moment hörten sie ein knackendes Geräusch, das sich in einem kurzen Knall bündelte, der so laut krachte, daß dem Kleinen der Schreck in die Glieder fuhr. Einen verwirrenden, betäubenden Moment lang mußte er annehmen, aus einem tatsächlich nur imaginierten Gewehr habe sich ein echter Schuß gelöst. Man konnte ihm ansehen, welche Mühe es ihm machte, das Sichtbare und das Unsichtbare auseinanderzuhalten – und wie es ihm zuerst einmal schon deshalb mißlang, weil der Vater, auf den er gezielt hatte, vor seinen Augen – Volltreffer, immerhin! – vom Stuhl fiel.

Der Aluminiumverkleidung der Gasheizung sei Dank, die den überraschenden Knall produziert hatte! Zum einen erteilte sie seinem Sohn die Lektion, daß nichts so gefährlich sein kann wie die Phantasie; zum anderen gab es dem Vater erneut Gelegenheit, sich auszuruhen.

Erst einmal also stellte er sich tot, den Kopf in einer bierfarbenen Pfütze der letzten Sonnenstrahlen, die ins Zimmer fielen. Die Augen hielt er schon deshalb geschlossen, um nicht geblendet zu werden. So lag er ausgestreckt da, niedergestreckt, erschöpft und müde. Den Atem hielt er nur an, um besser hören zu können, wie ratlos der Junge plötzlich war. In seiner Reaktion mischte sich der Trotz über die unwillkommene Unterbrechung des von ihm gerade erst begonnenen neuen Spiels mit der Verblüffung, wie bewegungslos der Vater auf dem Boden lag – und mit mehr noch: mit der Orientierungslosigkeit seiner Erregung, der natürlichen Angst, etwas angestellt zu haben, und, nicht zuletzt, der Scham über die eigene Hilflosigkeit. Da lag der Bär. Was aber, wenn der bärtige Bösewicht zurückkäme, um sein Gewehr zu suchen, und sein Freund, der zwar nicht klug, aber viel stärker war als er, ihm nicht mehr würde helfen können?

Dem Jungen fiel, trotz seines Mißtrauens, nicht einmal ein, sich zu vergewissern, ob es überhaupt einen Mann und ein Gewehr gegeben hatte. Auch einen Fluß, einen Bären und einen Fuchs hatte es ja nie gegeben, keine Lepidoptera und kein Packeis. Es hatte auch die (nachmittags aus dem Nichts aufgetauchte) Armee von Außerirdischen nicht gegeben, die sie gezwungen hatten, überstürzt in die Küche zu flüchten, um gegebenenfalls Gegenstände (Bratpfannen, Kochlöffel, Korkenzieher) zur Selbstverteidigung zur Hand zu haben, sollten sich die Eindringlinge als bösartig herausstellen.

Nichts aufregender, als auf alles gefaßt sein, nichts enttäuschender, als vor der Realität kapitulieren zu müssen. Denn nicht diese kullernd komischen Winzlinge von Außerirdischen waren, wie sich herausstellte, die Gefahr, sondern die beiden Herdplatten, die (wer weiß, wie lange schon) vor sich hin glühten. Guter Gott, war es Dein Wille, uns die grünen Männchen zu schicken, und das gerade noch rechtzeitig? Was, wenn der Junge, und er hinterher, ins Badezimmer gerannt wären, um sich zu verschanzen? Sie mögen doch Wasser nicht, nicht wahr?

Wrenkh schoß die Hitze auch deshalb zu Kopf, weil er schon am Vormittag, und das trotz der Erkältung – sie hatten sich inzwischen, sozusagen unter Männern, darauf geeinigt, das Flunkern kleinen Mädchen zu überlassen –, den Vorschlag gemacht hatte, zum Fußballspielen in den Park zu gehen, was der Junge mit einem Gesichtsausdruck abgelehnt hatte, der der Androhung eines Wutanfalls gleichkam, in den er, falls nötig, seinen ganzen Mut zu legen bereit wäre, jede Menge Tränen eingeschlossen. Das war unmißverständlich und ein weiterer Hinweis für seine Vermutung, daß der Mensch tatsächlich lange vor seiner Geburt aufhört, unschuldig zu sein. Sie wären dann vielleicht noch, dachte er weiter, ins Kino gegangen und danach wahrscheinlich in eine Pizzeria. In der Zwischenzeit wäre der Herd explodiert, die Küche, das Zimmer, das ganze Haus! Alles hätte in Flammen gestanden! Ein Feuer, Füchslein, stell Dir vor, groß genug, um Dinos zu grillen.

Er dachte noch jetzt, während er sich auf dem Boden ausstreckte, an die Katastrophe, die ihm nur deshalb erspart geblieben war, weil sein Sohn keine Lust gehabt hatte auf Bewegung an der frischen Luft. Und, was die Pizza betraf, vorgeschlagen hatte, einfach eine kommen zu lassen, eine mit Salami, aber ohne Zwiebeln.

Vorsichtiger als eine Spinne umrundete der Kleine nun zuerst den Tisch, beugte sich dann herunter und begriff noch immer nicht, daß ein Kitzeln genügt hätte, den Vater zum Leben zu erwecken.

Wrenkh lag aber vorerst nichts daran, seine äußerst vorteilhafte Lage zu verändern. Es lag sich gut auf dem Fußboden. Nicht nur konnte er sich jetzt von den Strapazen eines langen Tages erholen – es waren vor allem deshalb kostbare Minuten, weil ihre Seltenheit etwas mit dem Glück zu tun hatte, das für die Mühsal entschädigt, wenn einem vom Herumtoben die Nerven wehtun.

Wie gut die Stille tat, die seit dem Knall und seinem Fall vom Stuhl eingetreten war. Ein Strom reiner Wonne durchlief die Nervenbahnen seines Körpers, noch verstärkt durch die Nähe des Kindes, dessen kleines Herz er schlagen hören konnte. Es war ganz nah bei ihm, tastete ungläubig (als suche es nach einem Einschußloch) seinen Körper ab, berührte ihn mit einer Zärtlichkeit, für die er sonst nie Zeit hatte, und war sanfter als ein Engel. Wie schwer sich der Junge sonst immer einfangen ließ, und wenn, wie unmöglich es war, ihn lange festzuhalten. Mit der ganzen Kraft, über die ein Kind verfügt, stieß er ihn dann immer von sich und beschwerte sich auch noch, wie ihn sein Kinn kitzle. Unter jeder Umarmung tauchte er weg. Ein Kuß war so igitt wie Spinat. All das war einfach lästig und nahm dem, was er vorhatte, das Tempo. Nun aber hatte ein harmloser Trick ein Wunder bewirkt. Die durch seine Ratlosigkeit erzwungene Sanftheit mischte sich mit der Wärme seiner Haut, und beides zusammen versetzte Wrenkh in den Zustand eines vollständig mit dem Leben zufriedenen, glücklichen Menschen.

Er gab sich ganz diesem Glück hin, das er einatmete, denn irgendwann, das wußte er, war alles nur noch Einbildung, eines Tages, wenn der Junge vor dem Spiegel stand, um sein Kinn nach den Schatten der ersten Barthaare abzusuchen. Dann würde auch der Glanz glücklicher Gedankenlosigkeit verschwunden sein, der, wenn er eingeschlafen war, auf seinem Gesicht leuchtete.

Die große Beleidigung

Der Chiropraktiker; Stockholm Georg-Walter (?) Jochums
Lebensraum-Lektüre aus Nietzsche; »die Grippe;« Bech-
stein-Steinway; die Dinner-Party, nordischer Hedonismus;
[...] »Gr.« Diktator Chaplin [...] Wiesbaden, Sawallisch;
Finger verletzt, die Fahrt rheinabwärts; Köln, der Pater-
noster; Annullierung Nr. 1; das endlose Bad; Schach [...]
der Flug nach Hamburg – Fieber und Schmerzen; der
Chiropraktiker (Palmer-Methode); 102°[F, etwa 38,9 °C]
am Abd.; Schweißausbruch am Morgen; zu den »Vier Jah-
reszeiten« – Binnenalster.

Dem Vater, einem Zahnarzt und dilettierenden Geiger, war
es gleichgültig, ob seine gerade in den Ausdünstungen
ihrer Wehen liegende (und leidende) Frau einen Jungen
oder ein Mädchen zur Welt bringen würde, Hauptsache,
das Kind hatte an jeder Hand fünf gesunde Finger, Voraussetzung für das Vorhaben, dem er sich, wie er sich vorgenommen hatte, von nun an widmen würde – mit der
gleichen verzweifelten, verzehrenden Ungeduld, mit der
er auch sein Glück verteidigte, das von nichts abhängiger
war als vom Lächeln seiner Frau. Aber wann lächelte sie
schon noch?
   Niemand, der ihn kannte, konnte ahnen, wie sehr ihn
die Vorstellung beschäftigte, sie könnte (wie es dann tatsächlich geschah!) seine Anwesenheit in ihrem Leben eines
Tages für einen Irrtum halten. Deshalb quälte ihn auch ein
elendes Unbehagen, wenn sie schwieg. Sprach sie, fürchtete er die Unendlichkeit der Pausen, die sie machte. Jede
Unterhaltung unter Wasser wäre einfacher.
   Offenbar litt sie unter der Kränkung, einem sterblichen

Dasein ausgesetzt zu sein, in das vielleicht niemals auch nur der Strahl einer Offenbarung hereinschien. War die Liebe zu ihrem Mann eine Ahnung ewiger Verhältnisse, war sie doch für ihre überempfindliche Seele nur der Nährboden für etwas Größeres und Gültigeres. In der Mitte ihrer quälenden Sehnsucht verlangte etwas nach der Garantie, nicht einfach nur einem gewöhnlichen Lebewesen zu einem Erdendasein zu verhelfen, wieder nur einem, das geboren und sterben würde, sondern einem Engel, zumindest der Spiegelung eines solchen. Eine Geburt war auch deshalb unerläßlich, weil sie für die Mutter die Rückeroberung ihrer Jungfräulichkeit bedeutete. War die Schinderei erst überstanden, konnte es für sie keinen Grund mehr geben, sich je wieder mit einem Mann im gleichen Bett und mit ihrem Körper je wieder in Höhe fremder Hände aufzuhalten. Wenn der Arzt vorbeischaute, um ihr die Ultraschall-Kartographien aus dem Inneren ihres Bauches zu zeigen und auch noch erläutern wollte, stellte sie sich tot. Eine Bestandsaufnahme der Gesundheit des Fötus' ließ sie sich gerade noch gefallen, bat ihren Arzt aber, ihr das Bulletin in Zukunft in wenigen Worten, aber eben nur mündlich mitzuteilen. Außerdem trug sie eine Sonnenbrille, um sich abzuschirmen, so schockiert war sie vom nüchternen Frohsinn der Krankenschwestern. Nicht die zarteste Bündelung jenes Lichts, das von der Geburt ihres Kindes ausgehen würde, sollte sich je brechen. Sie freute sich, das Unberührbare liebkosen und das Unsichtbare bald beschützen zu dürfen. Das war auch, wovon sie träumte, während sie die Verschwendung werdenden Lebens anwiderte, die in Entbindungsstationen an der Tagesordnung war.

Victor Auermann, wie das Kind dann hieß, wurde in die Hölle hineingeboren, die ihn seither stetig und unnachgiebig ausbrennt. Am Ende ist ihm nicht einmal der Wahnsinn gnädig. Auch die raffiniertesten Bemühungen der Ärzte, ihm ein leichteres Leben, und sei es nur das eines zumindest von den Einflüsterungen seiner Dämonen geheilten Patienten, zu ermöglichen, bleiben ergebnislos. Victor Auermann besteht darauf (aus dem Jenseits heraus, wenn es sein muß), die Beleidigung zu rächen, die seinen Vater in einen allzu frühen Tod getrieben (Selbstmord mit Zustimmung seiner Frau) und ihn seine Karriere gekostet hatte.

Eine Biographie, an deren Beginn diese Sätze hätten stehen können, wurde nie geschrieben, auch nicht von jenem Mann, in dessen höchst zweifelhafter Obhut Auermann seine letzten Lebensjahre verdämmert. Er gab zwar, als ich ihn ausfragte, freundlich Auskunft, hielt aber die ganze Sache für einen Betriebsunfall des Schicksals, wie er in Künstlerkreisen, zumal in der Umgebung ausübender Solisten, keineswegs als Einzelfall dastehe. Wir haben nur, erinnerte er mich, die dumme Gewohnheit, die Wahrheit zu ignorieren, die Betroffenen aus Scham, ihre Agenten aus Habgier, das Publikum aus Widerwillen, sich bei der Nahrungsaufnahme in Form klassischer Konzerte den Appetit verderben zu lassen. Der Ruhm ist die Sonne des Todes, schrieb Balzac. Dann gehen die Lichter aus. Und dann erst, nach Sonnenuntergang, beginnt die Musik.

Er wollte, so sehr Auermann auch vor den Strapazen einer erfolgreichen Karriere grauste, Erfolg, einen, der ihn in den Augen seiner Mutter zum Engel gemacht hätte. Ihm war übel, wenn er sich seine Auftritte auch nur ausmalte, Triumphe vor ausverkauftem Haus (wozu sonst hätte sein Vater ihm zu seinem vierzehnten Geburtstag einen Konzertagenten »schenken« sollen, der ihn gleich wieder, obwohl dafür eigentlich schon zu alt, mit rasierten Beinen in kurze Hosen gesteckt hatte?), auf einer Bühne, in deren einzigem Lichtstrahl sein Körper stand. Er konnte zwar den Augenblick kaum erwarten, wenn er in der Lage wäre, sein Können so zu übertreiben, daß es aussah, als male er mit seinem Geigenbogen Schwanenhälse in die Luft, Adlerfedern, Tartarenlocken, den scharfen Riß strafender Peitschen (natürlich fehlte in einer der Partituren, in die hinein er alles – und mehr und immer mehr – notierte, nicht der Hinweis auf Mamas vollkommen geschwungenen Hals, in der Linie, schwärmte er, selbst dem des Schwanes überlegen), aber sein Magen rebellierte, sobald er auch nur an die Stirnfalten seines Vaters dachte oder, sehr bald und heimlich, an die Zigarette, das Allheilmittel eines Lungenzugs gegen die Bodenlosigkeit seiner Angst, auch wenn ihm vor allem der Rücken wehtat. Er mußte jedem Menschen, auch dem nächsten, mehr verschweigen als der ärmste Hund mit einem langen und lächerlich glücklosen Leben. Genau so ein Leben stand ihm aber in ganzer Länge bevor.

Kaum eine Nacht schlief er, und das seit er Geige spielen konnte, mehr als drei Stunden, ohne nicht danach hellwach die Augen zu öffnen, allerdings ohne Orientierung, wo genau er sich befand. Er nutzte die Zeit um zu weinen – eine Angewohnheit, die er bis ins Alter beibehielt. Vor dem endgültigen Erwachen, nach weiteren zwei, drei quälend leeren Stunden, die er sich mehr herumgewälzt als stillgelegen hatte, kamen dann Träume nieder auf ihn. Fette Frauen erwürgten ihn. Auf seiner Geige saß ein Specht. Er selbst, Auermann, fing, während er gerade mit all den Höchstleistungen, die Fingern auf dem Griffbrett einer Geige überhaupt möglich sind, beschäftigt war, an, sich zu langweilen und betrachtete deshalb den Herrn in der ersten Reihe, der offenbar kurz eingenickt, in Wahrheit aber tot war. Das war verwunderlich, aber dem Toten war wohl, wie Auermann sich einredete. Er saß aufrecht da, mit einem zufriedenen Gesichtsausdruck, und schien die Musik mit der gleichen Hand zu dirigieren, mit der er seiner Seele nachwinkte, die sich schon morgen in ein anderes Alltagskleid gehüllt haben würde. Natürlich wußte Auermann nicht mehr, ob er sich noch im richtigen Violinkonzert befand, mit welchem Pultstar und welchen Symphonikern, denn beide, Orchester wie Dirigent, waren entweder unsichtbar geworden oder hatten, von ihm unbemerkt, das Podium geräumt. Auch der Saal war leer. Nur noch er spielte, und er spielte nur noch für seinen Freund da unten. Nichts war mehr zu hören von der Schadhaftigkeit, die aller Musik anhaftet, sobald sie mit der Routine von Spediteuren vor ein Publikum gewuchtet wird, vor dem sie sich dann so eitel und großspurig aufführt, wie es hohe Eintrittspreise rechtfertigen. Wie wenig Mühe es jetzt bedurfte zu spielen. Die Musik hatte aufgehört zu lügen. Sogar die Luft spielte. Niemand war mehr da, um sich einzumischen. Doch, die E-Saite! Auermann schreckte erst auf, als ausgerechnet die E-Saite den Geist aufgab. Die Saite zersprang mit der soliden Spannkraft von gut und gern sieben Kilo, und das direkt vor seiner Nase! Viel hätte nicht gefehlt und er hätte ein Auge eingebüßt. Das passierte. Hin und wieder traf man einen, das eine Brillenglas taub, wie mit Butter beschmiert. Als Maskottchen waren Einäugige sogar beliebt. Als Kollegen noch mehr, da sie für niemanden noch ernsthaft eine Konkurrenz darstellten. Wurde in kleiner Besetzung gespielt, ließ man sie pausieren. Bestenfalls wurden gute Skatspieler aus ihnen. Einmal war von einer im Scherz und unter Gelächter geäußerten Vermutung die Rede gewesen, Lampenfieber wäre noch am leichtesten zu besiegen (und also zu beseitigen) durch eine wie auch immer wundersame, aber völlige Erblindung. Wie es so ist in einer späten und trunkenen Stunde, wurde auch gleich eine Liste aller denkbaren Vorteile erstellt, von der schäbigen Schützenhilfe durch eine einschlägige Berichterstattung der Presse bis zu ganz ernsthaft geführten Überlegungen, was die Musik, durch allerlei Schwierigkeiten herausgefordert, möglicherweise von selbst (endlich) herschenkte, das Zentrum ihres Zaubers öffnend.

Auermann atmete tief durch, als ihm, wie in solchen

Fällen üblich, der Konzertmeister seine Geige überließ –
und stand wieder bereit. Ein Blick zum Dirigenten, der
ihm beruhigend zunickte. Dann also los. Bevor dieser Blick
zu seinem Ausgangspunkt, seinen gelackten Schuhspitzen
nämlich, zurückkehrte, nahm er noch eine andere Information auf. Er sah, daß der Sitzplatz in der ersten Reihe
leer war. Sein Freund war verschwunden. Da aber die
Schwierigkeiten mit dem ihm fremden, ungewohnten Instrument ihn ziemlich in Atem hielten, dachte er über die
Sache vorerst nicht weiter nach. Sie fiel ihm erst wieder
beim Schlußapplaus ein. Hatte der Tote doch nur geschla-
fen und aus Mißvergnügen einfach nur die erstbeste Gelegenheit genutzt, heimzugehen? Jedenfalls deutete im
Moment nichts darauf hin, daß es einen Toten gegeben
hatte. Er erfuhr auch nachher nichts. Die Türschließer,
die etwas hätten wissen müssen, waren, als er nach ihnen
suchte, bereits gegangen. Die diensthabenden Männer in
ihren Beamtenuniformen, die er hinter der Bühne darauf ansprach, schüttelten den Kopf. Ein derartiger Zwischenfall, meinten sie, sei ausgeschlossen; außerdem gäbe
es Sanitäter. Auermann überflog am nächsten Morgen
die Zeitungen, aber nicht die Kritiken waren es, die er
suchte, sondern einen Hinweis auf das bedauernswerte
Unglück. Auch die Zeitungen schwiegen sich aus. So vergaß Auermann diesen kostbaren Moment und auch die
traumwandlerische Mühelosigkeit, mit der er, nur mit einem Toten als Zuhörer, musiziert hatte. Der aber blieb,
ohne daß sich Auermann noch daran erinnerte, lebendig,
auch wenn er nur noch eine leichte, aber gleichbleibende
Erschütterung auslöste, denn als er – und das als frisch-
gebackener Preisträger des renommierten Delalande-Wett-
bewerbs – für zwei Abende in einer eingeschneiten Stadt
gastierte, fand er in seiner Garderobe eine Postkarte, eine
Karte ohne Absender, die nicht abgestempelt worden war,
weder im Diesseits noch im Jenseits. *Zu gut für ein Orchester,
als Solist nicht gut genug.* Er drehte die Karte auf die Bild-

seite. Zu sehen war die nachkolorierte Nachtaufnahme des Brandenburger Tors. Da fiel ihm alles wieder ein. Die E-Saite! Das Konzert damals! Das Lächeln des Toten! Der Sitzplatz, der dann leer war! Zu gut für ein Orchester, als Solist nicht gut genug? Auermann las ein Todesurteil. Entsprechend enttäuschend war seine Leistung. Seit diesem Abend war die Fachwelt sich einig, ihn aus der Umlaufbahn der Kometen nehmen zu müssen. Dorthin ist er danach auch nie wieder zurückgekehrt. Natürlich nahm er das Urteil, das ihm zugestellt worden war, nicht einfach so hin. Die Postkarte landete auf dem Arbeitstisch eines Graphologen, der die Handschrift untersuchte und das Geschlecht beglaubigte: männlich, und zwar zweifelsfrei. Das Alter der Hand, die das Urteil geschrieben hatte, wurde in der zweiten Hälfte eines Menschenlebens angesiedelt, vermutlich im letzten Drittel einer anzunehmenden Lebenserwartung von achtzig Jahren. Einschränkend stellte dieser Spezialist allerdings klar, daß die zittrige Gravur auch auf eine extreme emotionale Anspannung des Absenders hindeuten könne. Mit der Versicherung, daß Tote keine Postkarten verschicken, verabschiedete er Auermann. Ein Labor war das nächste Ziel. Bedauerlicherweise fand man dort nur Fingerabdrücke, die mit seinen eigenen übereinstimmten. Einem Mann fiel auf, daß sich die Schrift auf der Postkarte von der des Ratsuchenden nicht grundsätzlich unterschied, bestand aber nicht auf einer vergleichenden Analyse. Sollte er den Graphologen noch einmal konsultieren? Er versuchte es, fand aber das Haus nicht mehr. Inzwischen ruht die Postkarte in einem Bündel persönlicher Papiere, genauer gesagt steckt sie in seinem Paß, dem wichtigsten Dokument, in der Mitte geknickt, die Beschichtung an der Falzstelle aufgeplatzt, auch sonst abgegriffen, aber mit einem nach wie vor einwandfrei lesbaren Text. Immer wieder nimmt er sie zur Hand, noch immer, und das so sorgfältig, als könne sie vor seinen Augen zerfallen. Ist sie die Trophäe eines Irrtums oder ein

Geheimpapier? Seine Stimmung schwankt. Eine strahlende Sekunde lang geht sie ihn nichts mehr an. Bestenfalls hofft er auf den Zufall, dem Mann zu begegnen. Weiter allerdings wagt er sich nicht mit dem Wunsch, sich die ganze Sache vom Hals schaffen zu können. Und die Sekunde ist dann auch vorüber. Und Auermann steht wieder, die Geige unterm Kinn, vor dem einzigen Zeugen seiner Himmelfahrt.

Den Traum, daß in einem der Künstlerzimmer sein Manager auf nackten Knien vor einem Bühnenarbeiter lag, hatte er auch im Wachzustand. Wie auch diesen: abgekämpft und fast schon zu spät zum Konzert gekommen, hatte er die Tasche mit den Beta-Blockern im Hotel liegenlassen. Prompt reagierte sein Körper. Bis auf einen Schluckauf war er nach fünfzehn Minuten, die er mit Durchfall auf der Toilette verbracht hatte, wieder halbwegs soweit, den Geigenkasten zu öffnen. Vorsicht, ermahnte er sich, immer zuerst den Bogen! Das war das Wichtigste! Nie die Geige zuerst! Für diesen Tip hatte er einem Hypnotiseur zweihundert Dollar hingelegt. Sein schlimmster Traum: er war wieder ein Wunderkind, stand aber nicht, seiner Kunst huldigend, vor einem Konzertpublikum, sondern saß ziemlich kleinlaut im Wartezimmer eines Arztes, der ihn nach einigen nichtssagenden Freundlichkeiten, die seine Begabung betrafen, an einen nächsten Hexenmeister weiterempfahl, den dritten im gleichen kurzen Traum. Es war hoffnungslos. Und so erwachte Auermann immer kurz nach sechs, streckte sich, stand auf und griff, nachdem er Kaffee aufgebrüht und eine Tasse davon getrunken hatte, zur Geige, um mit dem Üben zu beginnen.

Die Qualen, die ihm auf seinem Weg vor ein Publikum zusetzten, waren längst nicht mehr nur lästig, sondern lebensbedrohend. Er bebte bis in die Fingerspitzen, spielte gleichwohl meisterhaft, schnell und anscheinend mühelos, was auch immer auf irgendeinem Notenblatt je für Geige notiert worden war. Aber es klang nicht. Es war keine Musik. Es war gut genug, aber eine Schande. Es war nicht, was eine Gagliano hergab. Er spielte sie wie die Kopie einer Gagliano. Auf jedem Ton lag Staub. Stimmte die Saitenhöhe nicht? War der Steg ausgetauscht worden? Hatten die in der Werkstatt gepfuscht? Was war mit seinem dritten Finger? Wer kann mit aufgeplatzter Hornhaut am dritten Finger Geige spielen?

Dagegen: wie sicher er war, wenn er sich einspielte, um erst danach ernsthaft ans Üben zu gehen; wie souverän, auch nach einem ganzen Vormittag intensivster Arbeit, noch seine Sicherheit und die Abstimmung seiner Bewegungen, vor allem die von der Schulter zum kleinen Finger hinunter, diesem aktivsten Agenten der Supination des Unterarms an der unteren Bogenhälfte. Er hatte die Geige in seiner Gewalt, nicht sie ihn, nicht hier hinter verschlossener Tür und verhängten Fenstern. Er trainierte, und niemand hörte zu. Niemand kümmerte sich um ihn. Niemand stellte den Wert einer Konzertkarte oder das Niveau seiner Erwartungen in Rechnung. Niemand nahm Notiz, was er da tat. Nicht einmal er selbst wußte in seinen glücklichsten Augenblicken, die sich nicht einmal in Form einer Erinnerung bewahren ließen, wie es menschenmöglich war, was zu tun er befähigt war. Aber half es ihm? Das Badezimmer war nur durch den Flur zu erreichen – und im Flur hing, zum Auslüften, sein Frack. Wie ein Kind vor einem es anspringenden bissigen Hund erstarrt, konzentrierte er sich ganz auf die Gefahr, die von dem weißen Frackhemd ausging. Aber es war zu spät, in ihm nur ein Kleidungsstück zu vermuten. Er sah durch die Knopflöcher wie durch weitgeöffnete Flügeltüren hindurch direkt in einen holzgetäfelten, sich langsam füllenden Konzertsaal, entdeckte im Programmheft einer Vorübergehenden sein Bild, erkannte den freundlichen, alten Türschließer wieder, der seit seinen Tagen als Stipendiat am Eingang des Brahmssaales des Wiener Musikvereins seinen Dienst versah, noch immer also, ließ sich aber nicht ablenken,

sondern flüchtete, verschloß, obwohl er allein war, das Badezimmer, beugte sich über das Waschbecken, um sich zu
erbrechen (was auch ausgiebig klappte), wusch sich danach das Gesicht und die Arme, wobei er den Pulsadern
besondere Behandlung zukommen ließ, unter dem kalten
Wasser, wußte dann aber nicht, wie er sich weiter verhalten sollte, setzte sich auf den Klodeckel und war selbst entsetzt, daß ihm nichts anderes einfiel, als mit zitternden
Händen nach einem Handtuch zu greifen, um damit den
Kopf einzuwickeln. Das Frackhemd grinste aber auch durch
diese selbstverordnete Dunkelheit, und nichts würde ihn
jetzt vor der kommenden Katastrophe schützen. Ein lang-
gezogener, leiser Ton tickerte, er kannte das, von einem
Nerv im Nacken ausgehend, hinter dem Ohr vorbei in die
Schläfe. Der sich einstellende Schmerz strahlte zurück in
den Kiefer und wuchs sich aus in eine Lähmung der ge-
samten Gesichtsmuskulatur. Selbst zu schreien wäre nicht
mehr möglich gewesen. Welche Gesichtshälfte war wo?
Und was hatten die groschengroßen Punkte mit ihm vor,
die sich in den Augen wie in einer Trickaufnahme auf-
führten?

Wäre er noch fähig gewesen, sich etwas zu wünschen: er
wäre am liebsten in einem Kessel Suppe abgetaucht, um
sich auf leichter Flamme wie Knochen auskochen zu lassen, in der optimistischen Absicht, den Tag noch einmal,
entgiftet und entschlackt, beginnen zu können, mit der
Einfalt eines farblosen, aber zuverlässigen Menschen, der
gar keinen Frack besitzt, aber einen guten Uhrmacher abgegeben hätte. Zum Glück fielen ihm ein paar seiner Ent-
spannungstechniken ein, und gleichzeitig fiel ihm auch
das Männchen wieder ein, ein Männchen, dünn wie ein
Schaufelstiel, das ihn einmal in Rotterdam vor einem
Wettbewerb verarztet hatte, beeindruckend unterhaltsam
zwar, aber doch erfolglos, denn er war beim zweiten Pro-
bespielen ausgeschieden, was seiner Ansicht nach nicht
an seinen Leistungen gelegen haben konnte, sondern an

der Geige – damals noch einer aus der Werkstatt von Jakobus Stainer, ein herrliches Instrument, dessen süßer, süßlicher Klang aber für einen, der wie er als Virtuose zu glänzen gedachte, nun mal das falsche war.

Die eine Hälfte eines Menschen ist sein Wesen, die andere sein Ausdruck, verkündete er, während er noch nach einem Haken für seinen Hut suchte, mit einem Tonfall von Verachtung in der Stimme, die jeden, der vielleicht vorhatte, sich seiner Therapie widersetzen zu wollen, warnen sollte. Stehen Sie auf, Mann, befahl er, Sie schrumpfen ja. Und atmen Sie! Atmen Sie sich selbst ein, nicht die Luft, die nichts taugt. Er setzte eine Brille auf und schloß, während er den Puls fühlte, die Augen. Warum werfen Sie nicht einfach mal einen Blick vor die Tür? Da draußen wimmelt es nur so von Nieten. Alles Nieten. Alles Maschinen. Eine Maschine wie die andere, ein Schlitzauge schlimmer als das nächste. Aber nicht Maschinen werden die Musik machen, sondern Menschen. Menschen, die kostbar wie Blumen sind. Blumen, sage ich, und meine damit nicht das gefaltete Gemüse, das man Ihnen nach Konzerten in die Hand drückt. Warum schicken sie nicht gleich den Friedhofsgärtner vorbei?

Er hatte die Augen wieder offen und schaute sich um und schüttelte den Kopf. Sie kerkern uns ein. Da ist gleichgültig, was die Kunst kann. Sie ist lächerlich – lächerlich wie die Mißhandlungen, die sich Künstler zufügen, nur um nicht zu scheitern.

Er schluckte, was er ausspucken wollte. Kein Himmel will noch etwas von uns wissen, wenigstens das könnte sich rumsprechen. Wenn ich Ihnen die Drop-out-Rate unter all denen, die sich zum Solisten berufen fühlen, nennen würde, wären Sie Schriftsteller geworden oder Gärtner. Schauen Sie sich den Orchestermüll an! Ripienisten, wie man sie früher nannte, also Ausfüller. Frack an Frack. Alles Hochbegabungen, natürlich. Nur, wie hochtourig wachsen Rosen? Schauen Sie sich diese starren, auf lanzenartig langen Stielen stehenden, neuerdings sogar blau und grün blühenden Züchtungen nur mal an! Sind das Blumen? Warum nicht zur Abwechslung mal Stiefmütterchen, und garantiert nicht aus dem Gewächshaus? Ich erinnere mich an Michelangeli mit dem Toronto Orchester, ich glaube unter Karel Ančerl. Es-Dur Konzert Beethoven. Schallplattenaufnahme. Schon während der ersten Proben verdüstert sich sein Gesicht. Er behauptet, die Klimaanlage ruiniere seinen Flügel. Und sagte schließlich einen Tag vor der Aufnahme die Produktion ab. Nur das Geld, wenn es ihm fehlte, trieb ihn überhaupt noch in die Öffentlichkeit zurück. Jedes Foto zeigt einen Leidenden. Ein Savonarola auf seinem Scheiterhaufen, der ein Klavierstuhl ist. So sieht Wahnsinn aus, sozusagen blühender Wahnsinn.

Hier sprach ein Kriegsveteran, der das Fazit einer langen militärischen Laufbahn zieht. Auch Kunst war ein Krieg, und auch dieser Krieg kannte keine Kampfpausen. Wenn Sie genug Phantasie hätten, würden Sie sich über das junge Mädchen wundern, das vor Ihnen aufs Schafott muß. Sie sitzt in ihrem Zimmer auf einem Koffer und versucht, nicht in Ohnmacht zu fallen. Genau das ist der Grund, warum mir das Vergnügen vergangen ist mit Künstlern. Eine Armee auf der Flucht ist kein Anblick, der einen Dirigenten rechtfertigt. Wann wäre ein Publikum je ergriffen gewesen von der Musik, der es sich hingibt? Sie sitzen da, wie man im Zirkus sitzt, Hauptsache, es gibt was zu sehen. Unsere lieben Musikfreunde, wie man sie nennt, die Mehrzahl ohnehin alle aus dem schlohweißen Fundus der Vorkriegszeit, wären entsetzt, hätten sie auch nur die leiseste Ahnung von den Flüchen und Fürzen der Komponisten und den Zwangsvorstellungen eines … – er dachte nach und tat dabei so, als ordiniere er vor einem Hörsaal voller Studenten, ging mit kurzen, kleinen Schritten irgendwie im Kreis herum, was nur möglich war, wenn sich Auermann gleichzeitig um die eigene Achse drehte, ein Anblick, der aus der Vogelperspektive wie ein harmlos heiteres

Tänzchen ausgesehen haben mußte, die komische Einlage eines Großvaters mit einem seiner Enkel, die sicher mit Beifall bedacht worden wäre – ... nehmen wir den gewöhnlichen Fall eines Paukisten, der doch, allem Anschein nach, nicht wahr, da oben gemütlich nur über seinen Kesselpauken thront, um sich hin und wieder mal, wenn auch lautstark und mit manchmal komischer Auffälligkeit, einzumischen. Ich kannte einen, der sogar zu den Besten seiner Zunft gehörte, eine bewunderte Koryphäe und ein gesuchter Lehrer, aber dreißig Jahre Dienst im Orchester und immer nur die wenigen, aber riskanten Einsätze, die er hatte, machten ihm das Leben immer unerträglicher, auch sein Privatleben. Ein einziger falscher Einsatz, unüberhörbar wegen seiner Lautstärke und nie wieder gutzumachen! Viele Noten standen für ihn ja ohnehin nie in den Partituren. Kein Vergleich zu den Instrumentalisten vor ihm. Die Bläser, diese Biertrinker, als frustrierte Solisten, die sie allesamt sind, besonders anfällig für Pannen. Die Hornisten, denen Bier schon gar nicht mehr reicht zur Beruhigung ihrer Zungenlähmung. Die Nervenbündel an den Oboen und Querflöten. Die Streicher schließlich, querfeldein ein einziges Dur-Moll-Doping. Drei-Sterne-Geiger, wie man sie wegen ihrer Vorliebe für französischen Cognac nennt. Weit und breit keine Rettung also. Wenn man ihn traf, irgendwo beim Heurigen, verstand man ihn immer schlechter; daß er stotterte, fiel erst auf, als er zum Ende hin fast völlig verstummte. Behoben war der Schaden nur, wenn er unterrichtete, was immer mehr der Fall war. Schüler übernahmen seine Dienste im Orchester, Schüler, die er doch ausbildete. Irgendwann einigte man sich diskret auf eine Frühpensionierung.

Auermann war noch jung und nicht bereit, jemand anderen mehr zu bedauern als sich selbst. Wann öffnete dieser Doktor endlich sein Köfferchen?

Stellen Sie sich diesen Menschen vor, wenn Sie dazu die Nerven haben. Eine hochangesehene Persönlichkeit, jaja, aber inzwischen natürlich nur ein durch und durch kaputter Musikus, und nicht der einzige, wie gesagt, mit seinem Flachmann in der Fracktasche. Er ließ endlich seinen Arm los. Sie kennen ja die Geschichte. Als die Spinne den Tausendfüßler fragte, welches seiner Beine er beim Laufen zuerst bewege, war er ab sofort unfähig, auch nur noch einen Schritt zu tun. Die Spinne hat ihn dann gefressen. Well, wer zum Teufel hat auch behauptet, das Ganze wäre ein Vergnügen? Der Zuschauer in der Arena, der eine musikalische Darbietung verfolgt, als ob es sich um eine sportliche Leistung handelte, hält sich selbst fernab von jeder Gefahr, um mit einer Art sadistischer Lust das zu verfolgen, was sich auf dem Podium abspielt. Dabei hat all das nichts mit dem zu tun, was wirklich geschieht. Es geht nicht um ein Match, sondern um eine Liebesgeschichte.

Es war eine Schimpfkanonade, dargeboten im Stil eines Rezitativs, die ein nicht unbeträchtliches schauspielerisches Talent verriet, aber in Auermanns Verständnis (aber was wußte er damals schon?) alles andere war als der Versuch, seine Beklemmung akut zum Verschwinden zu bringen, wenigstens vorübergehend. Sie haben noch etwas Spielraum nach oben, sagte das Männchen und meinte damit die Taktzahl seines Herzschlags. Wann sind Sie dran?

In ein, zwei Stunden.

Und was gedenken Sie zu servieren?

Vieuxtemps, d-Moll Konzert.

Hm, na ja. Zeigen Sie mal Ihre Fingernägel.

Überraschend war nicht, was er zu sehen bekam: abgekaute, abgebissene Stummel, die kaum noch das halbe Nagelbett bedeckten.

Auermann wollte seiner Verärgerung Luft machen, aber mehr als ihn an die neben dem Kleiderständer abgestellte Tasche zu erinnern, und auch das nur mit einer eher undeutlichen Kopfbewegung, brachte er nicht zustande.

Dem Männchen aber entging nichts. Ich bin keine Apotheke, sondern Arzt. Es ist ohnehin nur noch Gewohnheit, das Ding mit mir rumzuschleppen. Ich sollte es sein lassen. Wie das Rauchen auch. Im übrigen, hören Sie mit dem Knabbern an Ihren Fingernägeln auf, das ist noch schädlicher.

Auermann vergrub beide Hände in den Hosentaschen – und seine Gedanken suchten auch nach einem Versteck.

Wovor fürchten Sie sich denn? Vor dem Publikum? Ist das Ihr Ernst?

Ja, das war der Ernstfall. Das war die Pranke, die zuschlug. Wie qualvoll war es, nur aus Fleisch und Blut, und deshalb ein Fressen zu sein für die lauernde Bestie.

Sagt Ihnen Felix Berber etwas? Nein? Dachte ich mir, aber dieser Berber spielte, damals in Berlin, neun Violinkonzerte an drei Abenden. Das waren Athleten! Oder sie waren des Teufels wie Paganini, dieser Geizkragen, der, bevor er auftrat, selbst an der Kasse saß und auch die Saaltüren noch eigenhändig zusperrte, denn es sollte keiner kostenlos zu seinem Vergnügen kommen. Auch eine Art, auf die Niedertracht des Publikums zu reagieren.

Auermann glaubte, auf Treibsand zu stehen, der unter ihm nachgab.

Das Publikum? Diesen Herrschaften kommt gar nicht in den Sinn, daß sie schon aufgrund ihrer Anwesenheit eine Indiskretion begehen. Sie stören. Wie kommen Sie dazu, diese Ansammlung von Idioten ernstzunehmen? Sie sind müde und gähnen, die Guten. Die Nase läuft ihnen. Sie husten. Sie schneuzen sich. Sie denken an Gott weiß was, die einen an einen Sommer und eine vergangene Liebe, andere an die vergeblichen Freuden einer Affäre, ihre Steuererklärung, den kränklichen Hund zu Hause und wann es endlich vorbei ist. Oder sie schlafen. Sind Sie mal neben jemandem gesessen mit einem schlechtsitzenden Gebiß? Sie kennen die Damen, die versonnen mit ihren Halsketten spielen? Sie haben's gut, vor Ihnen sitzt nur einer mit abstehenden Ohren, aber es kann schlimmer kommen. Ein gelbgesichtiger Jüngling, dessen Haarpracht das Volumen und die Höhe eines Cowboyhutes hat und denen, die hinter ihm sitzen, die Aussicht versperrt, blättert seelenruhig in einer mitgebrachten Partitur, und das mit einem so finsteren Ernst, daß sich bald auch die übrigen Umsitzenden in ihrer Bewegungsfreiheit so sehr eingeschränkt fühlen, daß es ihnen die Laune verdirbt, auch weil sie ihrer Lust zu einer groben Zurechtweisung, die sie anstandshalber unterdrücken müssen, nicht freien Lauf lassen können. Die beiden Armlehnen hat er unverschämterweise ohnehin für sich reserviert. Konnte man überhaupt noch atmen? Sie sitzen einander doch alle so nahe, daß sie sich kaum ausstehen können. Alles, auch das Unabsichtliche, stört. Da der Krawall eines Bonbonpapiers, dort ein Schleimhusten. Wovor fürchten Sie sich also? Je mehr Erfolg einer hat, umso dümmer sein Publikum. Fürchten Sie nicht den Mißerfolg, fürchten Sie den Erfolg. Gnade Ihnen Gott, falls er vorhat, Sie zum Star zu machen. Nur Pfuscher betreten die Bühne mit einer Pulsfrequenz, um die sie ein Orientale beneiden müßte.

Auermanns Nerven waren immer noch nicht in einer einigermaßen leidlichen Verfassung, außerdem kamen ihm Bedenken. Er zweifelte plötzlich, ob sein Vieuxtemps die richtige Wahl war. Jeder zweite säbelte Sibelius, jeder dritte Tschaikowskij. Schmachtfetzen eben, die den Bogen von ganz allein auf die Saiten drücken. Was konnte man da falsch machen?

Kommen Sie, schlug das Männchen vor, als hätte es seine Gedanken erraten, hören wir Beethoven zu, wie er Schlußakkorde komponiert. Und dann machen Sie es mit den kleinen Tönen Ihrer Geige genau so. Es genügt, daß Sie wütend sind. Sie müssen Ihren Beruf hassen. Wenigstens solange, wie Sie da draußen stehen und spielen. Lassen Sie sich Zeit, sich verführen zu lassen. Treten Sie nie als Liebender auf ein Podium. Seien Sie kaltblütig.

Auermann atmete auf, als sich das Männchen nun endlich doch seiner Tasche zuwandte und den altmodischen

Klappverschluß öffnete – aber leider nur, um der Tasche ein Buch zu entnehmen, das er in die Luft hielt wie Moses seine Gesetzestafel in den Himmel. Nicht alle Schriftsteller sind Schwätzer, gab er zu, von dem einen oder anderen kann man sogar behaupten, daß er was von Frauen versteht. Ärgerlich, daß es ausgerechnet Franzosen sein müssen, denen Gefühle gelingen, wie man sie nur erfinden kann, aber sei's drum. Obwohl ich es eigentlich den Russen gegönnt hätte. Aber es gab ja genug Franzosen, die sich in St. Petersburg herumgetrieben haben, und das nicht nur in Uniform. Es war eine Weltanschauung, mit dem Herzen zu dichten, aber nicht zu lieben. Er hielt das Buch in einer neuen, frischen Aufwallung von Begeisterung noch höher in die Luft. Kaltblütig, allein das Wort war hocherotisch. Und nun hören Sie zu, was die Dame (immerhin sie wenigstens ist Russin) in diesem französischen Roman zu sagen hat. Er zitierte die Stelle auswendig, während sich Auermann mit einer speziellen Handgelenksgymnastik beschäftigte, die Ähnlichkeit hatte mit den beschwörenden Gesten asiatischer Tänzerinnen. Ich wünschte, sagt sie, ich wünschte, Sie liebten mich nur mit dem Teil Ihres Inneren, der unempfindlich und fühllos ist.

Er wartete die Wirkung ab, die der Satz auf den jungen Auermann haben würde. Der Befund lautete: keine Wirkung, gar keine.

Lesen Sie denn keine Bücher?

Nur wenn sie mir jemand vorliest.

Das Männchen ließ das Buch sinken und legte es in die Tasche zurück. Wer war's, das Kindermädchen, die Küchenhilfe, die Frau Mama? Oder haben Sie Verehrerinnen?

Auermann schaffte es nicht, sich dem Gefühl von Respekt, den dieses Männchen ausstrahlte, zu widersetzen, so sehr er auch entschlossen war, ihm kein Wort länger zuzuhören.

Dann hören Sie wenigstens, was die Musik Ihnen vorliest. Will sie Ihre Liebe? Kann schon sein, aber lassen Sie sie zappeln. Genießen Sie den Flirt, machen Sie Ihr Publikum zum Zeugen einer Verführung, aber spielen Sie nicht den Trottel. Haß ist nützlicher als Liebe, sobald es um Höchstleistungen geht. Solange Sie noch einem, der am Verdursten ist, kostenlos ein Glas Wasser reichen, werden Sie der Konkurrenz hinterherlaufen. Nehmen Sie sich an den Judenbengels ein Beispiel. Die strotzen vor Kraft. Die sind stabil wie Steine, unerschütterlich, auf irreparable Weise unempfindlich gegen die Anfechtung, nicht erwählt zu sein, glauben Sie mir.

Kein Wort, widersprach Auermann, bedauerte aber, daß das Männchen mit seiner allzu sorglosen Behauptung nicht recht hatte. Er wäre seine Sorgen los. Er selbst war Jude.

Auf der Suche nach Erlösung von seinem Leiden war Auermann am Ende in einer Nervenheilanstalt gelandet, unfreiwillig, versteht sich, aber ruhig gestellt und jener Welt entwöhnt, die er mit seinem Geigenspiel hatte aus den Angeln heben wollen. Sein Kopf kämpfte trotzdem weiter, besänftigt nicht einmal vom Erbarmen, das nur ein nachlassendes Gedächtnis einem beschert. Obwohl vorerst eingeschlossen in New York, befand er sich aber nach eigenen Angaben in Südindien, um sich dort auf eine Konzerttournee, seine letzte und alles entscheidende, vorzubereiten. Einen Agenten hatte er nicht. Ein Angebot lag auch nicht vor. Bis auf den Bankier, der gleichzeitig an vielen Fäden zog, um ihn umgehend und möglichst heil in die Schweiz exportieren zu können, erinnerte sich niemand an ihn. Das war gut so. Die Ruhe vor dem Sturm wäre, wie er fand, ein eindrucksvolles Präludium für den Plan, den er mit geheimnistuerischer Gründlichkeit in die Tat umzusetzen gedachte, sobald er frei und das Vermögen seines Mäzens verfügbar war. Er würde zurückkommen und Geige spielen. Wie aus dem Nichts würde er auftauchen. Jede der Kadenzen zu den großen Violinkonzerten wären eigene

Kompositionen, jede eine Uraufführung. Er würde die große Beleidigung, die ihm seine Erkrankung so früh zugefügt hatte, zurückzahlen. Noch mehr aber würden die Menschen zahlen, die Millionengemeinde der Amerikaner, Japaner und Wiener. Die Kritik, scharf wie sie sein würde, wäre wirkungslos gegen die Neugier, die er entfachen würde. In Wien vor allem! Das waren die besten Kunden, die Wiener. Sie waren einmalig. Keine Nation war wie sie. Die Monotonie ihres Geschmacks besaß Weltgeltung. War ein Jahrhundert überstanden, schalteten sie in den Rückwärtsgang. Schon war sie wieder da, die Vergangenheit; nun mußte nur noch ein Dirigent her, um seine Arme über ihr auszubreiten – und die Wiener kuschelten sich in die Nischen glückseliger Erinnerungen. Gab es die Philharmoniker denn inzwischen nicht schon aus Schokolade? Er wird es herausfinden. Er war lange nicht dort gewesen, und er freute sich dementsprechend. Mit ihm, das versprach er, kehrte auch die Musik zurück in ihren unbarmherzig anarchischen Schoß. Natürlich wäre er, endlich frei von Lampenfieber, erlöst auch von den Prozeduren intravenöser Applikationen, in unüberbietbarer Hochform. Endlich hinderte ihn nichts, sein Können zu demonstrieren. Wie sonst auch, wenn er den Augenblick genoß, Musiker zu sein und fähig, die Geige zur Erwiderung seiner Liebe zu ihr zu verführen, schloß er die Augen, schaute nach innen, wo er sich selbst zusah beim Herumschlendern in einem Zimmer, vor dessen Tür weiter nichts lag als die unermeßliche Ausdehnung des Indischen Ozeans. Natürlich war er, wie jetzt auch, barfuß.

Seine Lampenfiebererkrankung lag lange zurück, viele, viele Jahrzehnte, und weder die guten noch die bösen Künste der europäischen Medizin – und leider auch nicht die Heilkundler, Schamanen und Gesundbeter aus den Wüsten- oder Dschungellandschaften der übrigen Weltgegenden – hatten ihm helfen können, nicht wirklich, nicht auf Dauer. Die Zeit hatte ebenfalls nichts geheilt. Wirkungslos wie die nicht beichtbaren Flüche seiner frühen Jugend blieben Medikamente (alles, vom harmlosen adrenalinhemmenden Mittelchen bis zu Blockadebrechern gegen essentiellen Tremor), Übungen in Meditation, die Stunden im klinischen Tiefschlaf. Die Ehe hatte nicht geholfen, obwohl er immer in seine Frau verliebt gewesen war – und mehr noch sie in ihn. Sie kannten einander noch, von irgendwo liegengebliebenen Fotografien.

Hatte Alkohol geholfen? Ja und nein. Zuerst ja, zugegeben. In seinem Geigenkasten lag immer Vorrat. Aber dann hatte ihn ein Schlückchen zuviel doch noch in Panik versetzt. Er war jetzt erst richtig von der Rolle, versuchte sich zu erbrechen (was nur dazu führte, daß er sein Frackhemd bekleckerte), weigerte sich aufzutreten, saß mit leeren Augen und pochenden Handgelenken ermattet im Künstlerzimmer und schüttelte über den, der ihn da im Spiegel anschaute, den Kopf. Er reagierte auf das Klopfen an der Tür erst, als man ihm telefonisch den Besuch eines Arztes ankündigte, eines Spezialisten, dessen Vater, der ihm seinen Beruf vererbt hatte, noch den alten Busoni gekannt und in ähnlich ausweglosen Situationen behandelt hatte.

Dr. Roberts, stellte sich der Mann vor, ein schlanker, jugendlich wirkender Beau mit einem Pflaster auf dem Nasenbein. Was für ein Problem haben wir denn?

Daß ich nicht auftreten kann.

Und warum nicht?

Was weiß ich. Es geht nicht.

Haben Sie das öfter?

Immer. Immer schon, und immer schlimmer.

Auf Spitzenleistungen trainierte Paranoiker zählten zu seiner Stammkundschaft, egal aus welchem beruflichen Milieu. Was hier der Fall zu sein schien, ein *worst case scenario*, wie das seine amerikanischen Kollegen nennen, sollte ihm deshalb nicht allzu viele Kopfschmerzen bereiten.

Gleich nach dem Anruf und dann auf der Fahrt hierher zum Konzerthaus hatte er sich für etwas entschieden, was seine Lehrbücher unter »paradoxaler Intervention« aufführen, gleich, in welchem Zustand depressiver Verstimmung der Patient sich auch befinden sollte. Vielleicht könnte er, als Angstlöser und Auftakt der Therapie, mit dem Standardwitz seines Berufsstandes beginnen, der ebenfalls ein worst case scenario voraussetzt, allerdings eines, bei dem es nicht wie hier auf die Minute ankommt. Der Witz erzählt von einem Manager, der dem Druck, täglich Entscheidungen treffen zu müssen, nicht mehr standhält. Er sucht einen Psychiater auf. Der schickt ihn zur Kartoffelernte aufs Land. Dort soll er weiter nichts tun als Kartoffeln sortieren, einfach nur die großen trennen von den kleineren. Eine Woche später besucht er ihn, findet ihn über einem Korb Kartoffeln sitzen und fragt: Und? Er schüttelt den Kopf. Schlimm, immer diese Entscheidungen! Natürlich würde er den Witz ausschmücken müssen. Auf die Pointe kam es gar nicht an. Pointen sind was für Gesunde. Dem Patienten ist gedient, über die Angst eines anderen lachen zu können. Also würde er übertreiben müssen. Der Manager sitzt nicht einfach da, sondern zittert, daß die Wolkenkratzer klirren. Das ewige Funktionieren hat ihn mürbe gemacht. Er möchte schreien, aber das schluckt die Klimaanlage. Weinen möchte er noch lieber, aber immer lenkt ihn ein Telefon ab. Natürlich könnte er sich aus dem achtundsiebzigsten Stock in die Wall Street stürzen, aber was sollte er da unten?

Dr. Roberts verging die Lust auf Witze, als er die verzweifelte Atmosphäre spürte, die in allen Gängen hinter der Bühne herrschte. Das Publikum war zwar mit einer einigermaßen gelungenen Notlüge vorerst vertröstet, würde aber sehr viel länger wohl kaum ruhig ausharren.

Auermann saß da, überflossen von Schweiß, wehrte sich gegen die Erniedrigung, gegen die Entsetzlichkeit, in der Falle zu sitzen; und das Fangeisen auf seiner Flucht mitzuschleifen wie ein gefangenes, verwundetes Tier. Er schämte sich, nicht so sehr vor diesem Arzt als vor dem Geist seines toten Vaters. Was für eine Schande, wie er sich aufführte? Deine Ausbildung, dachte er, die phänomenale Ausbildung, die Du gehabt hast, die besten Lehrer, Ricci, Gingold, Galamian, die Weltelite, die begehrtesten Ausbilder. Was, wenn einer von ihnen jetzt hereinkäme? Ich dachte, Alkohol könnte helfen.

Hat aber nicht, nicht wahr?

Völlig verschont von Lampenfieber war auch Dr. Roberts in seinem Leben nicht geblieben, aber es betraf ausschließlich die intimen Bereiche seines Privatlebens. Noch bis in seine mittleren Jahre hinein – er war damals, ganz gegen seinen Willen, noch immer Junggeselle – befiel es ihn immer dann, sobald ihn eine Frau, die ihm auffiel, anschaute (mit Augen, klar wie bei einem Kind) und bald darauf, und das ebenso vergnügt wie unverblümt, wissen wollte, ob sie ihm gefalle. Das Lampenfieber umrundete seine Magenwände und vereiste seine Finger, steigerte sich zu der lächerlichen Befürchtung, auf eine Situation zuzusteuern, der er sich nicht gewachsen fühlte. Worauf hätte er sich einzustellen? Auf den Kraftakt eines Kampfes, der einem Test seiner sexuellen Kondition ähnlicher wäre als der Hingabe eines leidenschaftlich ins Herz getroffenen Verliebten? Auf nur die nächste nutzlose Wiederholung der immer gleichen Wehmut? Auf eine Komödie der Verstellung, in welch verkürzter Version auch immer? Vorsichtshalber gab er sich humorvoller, als ihm recht war, denn schon die ersten, noch scheuen Berührungen stellten Anforderungen an ihn, denen er lieber ausgewichen wäre. Während er sich sonst in allen Lebenslagen auf seine Selbstsicherheit verlassen konnte, patzte er gerade dann, wenn seine empfängliche Seele bereit war, sich zu ergeben. Es gibt eine Art, über sich und sein Leben nachzudenken, die Charakter voraussetzt. Er konnte also tun und lassen, was er wollte, die Gedanken hörten nicht auf, ihn zu beobachten, so sehr er auch manchmal Lust hätte, es jenen Herrschern gleichtun zu wollen, die einen Harem ihr eigen nennen. Seine Heilung fand an einem sonnigen Vormittag statt, den er in Paris verbracht und zu einem Spaziergang genutzt hatte, wobei er in der rue Campagne-Première (wie der unvergeßliche Zauberort hieß) einige Zeit herumtrödelte, weil da gerade ein Film gedreht wurde, eine Szene, in der ein von einer Kugel (tödlich, wenn er das richtig verstand) in den Bauch getroffener junger Kerl die Straße entlang wankt, taumelt, stürzt und dann liegen bleibt. Dann ist da ein Mädchen (sein Mädchen?), das sich über ihn beugt. So in etwa. Danach wurde das Ganze wiederholt. Irgendwie überzeugte noch nicht alles. Das Sterben war noch nicht gut. Es stimmte nicht. Ein unvergeßlicher Moment, zumal er dabei seine spätere Frau kennenlernte, die neben ihm stand und sein Vergnügen teilte, einem Schauspieler zuzuschauen, der mindestens ein halbes Dutzend mal stirbt, wieder aufsteht, an den Start zurückkehrt und losrennt und versucht, noch besser zu sterben. Er dachte einfach nicht an sich; und war geheilt. Sie setzten den begonnenen Spaziergang dann gemeinsam fort – und tun das bis heute.

Seien Sie froh, daß Sie jetzt nicht raus müssen und singen. Tenöre, mein Lieber, sind schon indisponiert, wenn die Bedienung, die ihnen morgens im Kaffeehaus den Tee serviert, nicht ihrer Mutter ähnlich sieht. Sie sind wie Schattenspieler. Jede Bewegung der Hände sucht und findet ihren Weg zum Kehlkopf. Dort sitzt der Diktator, der Kasperl, der Herr über die Stimmbänder. Ein launischer Befehlshaber, der einem jeden Tag die Todesstrafe androht. Jeder seriöse Hals-, Nasen- und Ohrenarzt kann ein Lied davon singen. Ich hörte mal, nebenbei gesagt, von einem Fall, einem Tenor, der sich vertraglich zusichern lassen wollte, ausschließlich mit scharfem, also echtem Dolch, also hochbewaffnet auftreten zu dürfen. Für alle Fälle sozusagen. Und noch mitten im innigsten Duett such-

te er in der Rachenhöhle der ihn anwiehernden Soprani-
stin nur nach dem Orakel, das ihn entweder erlösen oder
verdammen würde.

Dr. Roberts schien es nicht eilig zu haben, obwohl es
bereits zwanzig Minuten nach dem angekündigten Kon-
zertbeginn war. Er zog eine Blockflöte aus der Tasche und
reichte sie ihm. Das ist kein Instrument, es ist Medizin.
Na los, spielen Sie. Auermann weigerte sich. Gleichzeitig
schoß ihm das Blut in den Kopf. Da er die Scham nicht
ertrug, die ihn heimsuchte, spielte er den Star. Mit der
ganzen Unsicherheit eines Ängstlichen blähte er sich vor
Dr. Roberts auf, der aber auch danach noch gut einen
Kopf größer blieb als er. Er wich seinem Blick nicht aus.
Was sahen die beiden? Was sehen Menschen, die mit den
Augen kämpfen? Dr. Roberts sah Auermanns Unentschlossenheit, für welchen Angriff er sich entscheiden sollte.
Seine Hände waren ihm zu kostbar, am besten also verzichten, ihn zu ohrfeigen. Ihm die Flöte aus der Hand
schlagen? Auermann spürte Widerwillen, die Ohrfeige einem Musikinstrument zu verpassen. Musik war heilig wie
die Instrumente, die sie zum Klingen bringen. Was blieb?
Die Tür aufreißen, um den Mann loszuwerden? Wer weiß,
was sich vor der Tür draußen alles abspielte, wo alle ja
warteten, daß sie endlich aufging, der Dirigent, die Musiker, das Publikum? Einen Wimpernschlag später kam die
Einsicht zum Vorschein, es genüge die handelsübliche
Überheblichkeit, um die eigene Haut zu retten. Ersparen
Sie mir das, ich bitte Sie, empörte er sich. Ich weiß nicht,
wer Sie sind und kenne auch Ihre Verdienste nicht, bitte
Sie aber, mich nicht damit zu belästigen.

Spielen Sie, wiederholte Dr. Roberts seine Bitte.

Auermann durchquerte das Zimmer. Hin und her, kreuz
und quer, auf und ab. Ganz offensichtlich suchte er eine
Geheimtür, die ihm ein Verschwinden garantierte.

Ich halte Sie für einen Spieler, nicht für einen Spielverderber. Es ist allein Ihr Verdienst, sich zu entscheiden.

Unerklärlicherweise hatte Auermann ganz vergessen, sich mit einer Zigarette abzulenken. Erst eine Fotokopie der Brandschutzvorschriften, die an der Tür klebte, brachte ihn darauf. Die Aufregung drückte auf die Blase, Tabak auf den Darm. Nach zwei Zügen drückte er sie aus und setzte seinen Fußmarsch fort, massierte die Schläfen, rückte die verrutschte Frackfliege wieder gerade. Das war, ein halbes Leben lang, immer der letzte Handgriff gewesen, den seine Mutter übernommen hatte, bevor er auftrat. Durch den Türspalt hatte sie ihm nachgewinkt, mit genau jenem Lächeln, in das sich sein Vater auf Anhieb so verliebt hatte. Viel Glück, toi, toi, toi, rief ihre Hand. Aber sie rief es mit bald schwindender Überzeugung. Schließlich ähnelte es nur noch einem Winken, einem Lebewohl.

Schicken Sie mir Richters vorbei, verlangte Auermann. Mit der Geige stimmt doch was nicht. Oder mit dem Kinnhalter. Ausgerechnet immer vor einem Konzert. Rufen Sie ihn an. Sagen Sie, es sei dringend.

Dr. Roberts kannte keinen Richters, wie auch; der Mann saß achthundert Kilometer Luftlinie entfernt in seiner Werkstatt in der Walfischgasse in Wien. Spielen Sie, Auermann, na los, kommen Sie. Ich vertrete mir in der Zwischenzeit draußen etwas die Füße. Was er auch tat. Außerdem hinderte er den ratlosen Impressario daran, sein Zugpferd notfalls am Hemdkragen auf die Bühne zu schleifen.

Was, um Himmelswillen, wird da gespielt?

Hören Sie es nicht? Flöte, Blockflöte, um genau zu sein. Sie erlauben sich einen Scherz!

Dr. Roberts lachte. Nein, guter Mann, nur daß ich gerade Ihren Arsch rette.

Beenden wir die Qualen aller Beteiligten, hören wir der Blockflöte zu, lassen wir Auermann genesen. Tatsächlich, er spielte! Es war lächerlich, gewiß, was er da gerade tat, aber die Entkrampfung begann zu wirken. Unter der Zufuhr neu gewonnener Kräfte, gespeist aus dem seligen Zustand amüsierter Gleichgültigkeit, entsann er sich seiner Kindheit zu einer Zeit, bevor ihm dann mit sechs Jahren der erste Krawattenknoten verordnet worden war – und griff dann zum Instrument.

Es war das eine, die Beherrschung zu verlieren und, die Geige an den vor Entsetzen starren Hals gepreßt, zu versuchen, sich über die Runden zu retten, ein anderes, den Fehler seinem Temperament gutzuschreiben (in der Hoffnung, das Publikum empfinde ebenso) und die Wut, von der noch mehr als genug übrig war, in Geistesgegenwart zu veredeln, und endlich noch schöner, noch reicher, noch hinreißender zu spielen. Hatte Horowitz nicht zwölf Jahre, en suite sozusagen, zu Hause im Schlafanzug herumgelungert, irgendwo in Manhattan, bevor er mit dem wohlverdienten Ruf in die Öffentlichkeit zurückkehrte, sich für ein paar falsche Töne nie zu schade zu sein? Selbst die Kenner schmunzelten, so hochberühmt waren seine Aussetzer, aber immerhin waren sie sicher, wieder den echten Horowitz erlebt zu haben. Aber das Schmunzeln verging ihnen dann bei Gould, dessen Echtheitszertifikat (auch ohne falsche Noten) nicht nur von Groucho Marx unterzeichnet, sondern von ihm auch hätte inszeniert sein können. Er erschien, als sein Autismus dem Publikum gegenüber immer krassere Formen annahm, mit ungewaschenen Haaren auf dem Podium. Die Taschen der viel zu weiten Hosen mit Grapefruits ausgebeult, schlurfte er, die obligate Flasche mit gefiltertem Quellwasser unter dem Arm, zum Klavier und war so sehr in die Musik versunken, daß sein Singen und sein energisches Aufstampfen mit den Füßen teilweise das Orchester übertönten, das er während der Tuttis auch noch mit großen Gesten mitdirigierte.

Dr. Roberts kannte natürlich Stegemanns Ausführungen zu diesem Thema, er verschlang Lektüre dieser Art sozusagen rein beruflich. Die Wände seiner Wohnung waren voll damit, wohin er auch immer umzog. Ganze Bibliotheken gibt es, die zu schlummern scheinen, aber öffne ein Buch – und du hast noch in der ahnungsvollsten, anrührendsten Liebesgeschichte den Krankenbericht der Angst, vom Angstschweigen bis zur Folter quälender Angstattacken. Nicht nur bei Künstlern randaliert dann der Blutdruck. Jeden starrt die Angst an. Sie wartet auf alle. Sie verjüngt sich mit jedem, den sie kriegen kann. Und in der Regel kriegt sie alle. Sie ist überall. Sie kann sogar lachen. Dr. Roberts kannte sich aus, kannte ihr Grinsen so gut wie ihre ausdauernde Hartnäckigkeit. Ihre Opfer waren schließlich alle seine Patienten. Ich werde hier auf Sie warten, schlug er vor, und danach gehen wir dann einen trinken.

Die Schubkraft dieses Vorschlags beförderte Auermann aus der Tür, hinaus auf das Schlachtfeld des Podiums, wo er nur die ersten wenigen Takte, die das Orchester alleine bestritt, noch mit dem üblichen Lampenfieber zu kämpfen hatte, bevor dann die Musik die kummervollen Gereiztheiten der vergangenen Stunden überspülte, ihn einschloß und mit den Heizkammern ihrer Herrlichkeit wärmte. Erst nach dem Handschlag mit dem Dirigenten kam die Kälte wieder. Er fror vor Erschöpfung.

Dr. Roberts war, als er in seine Garderobe kam, verschwunden; nicht einmal einen Gruß hatte er zurückgelassen.

Mit allen Zeichen des Ärgers entfloh er, sobald er nur konnte, den Komplimenten lästiger Eindringlinge, die, nur weil sie mit dem Konzertveranstalter vor Ort bekannt waren, in Scharen in sein Künstlerzimmer stürmten. Leicht war es nicht zu entkommen. Umstellt von überpuderten, breitmäuligen Damen, die ihm von der Musikalität ihrer verstorbenen Männer vorschwärmten, gipfelte die Etikette der massiven Verehrung in dem zweifelhaften Vergnügen, sich die genaue Beschreibung seines Spiels anhören zu müssen, die penible Charakterisierung der von ihm gebotenen Interpretation. Es war nicht Platz genug, um auf die Knie zu sinken. Was versprachen sie sich davon, hier so etwas wie einen kleinen Gottesdienst zu feiern? Glaubten sie, er gehöre, nur weil er Konzerte gab, zu ihrer Gemeinde? Es interessierte ihn die Heftigkeit ihrer Empfindungen gar nicht. Zum Glück war er genug müde, keine Antworten zu geben. Kein Mensch war hier, den er kannte. Wo waren die Freunde? Warum hatte er keine? Alles, was diese Menschen redeten, klang so widerwärtig kenntnisreich – und war so auswechselbar wie die falsche fadendünne Poesie, mit der sich Kaffeekränzchen das abgenutzte, nutzlose und kaum mehr verständliche Leben, das sie umgab, vom Hals hielten. Was für eine Zumutung, so viel Dankbarkeit über sich ergehen lassen zu müssen. Und dann das üble Pech, doch noch ein irgendwie bekanntes Gesicht zu entdecken, einen alten Bekannten, der sich hereingeschlichen hatte und etwas abseits stand und mit ängstlicher Erwartung hoffte, man erkenne ihn, kenne ihn mit Namen und freue sich, einer, der einst eine Konzertkoryphäe gewesen, aber wie so viele im Lehr- und Orchesterberuf untergegangen war. Und irgendwo wartete, wie immer, der Zeigefinger eines Kritikers, der keine Mühe scheute, das Gestammel der nichtgeladenen Gäste zu präzisieren. Sein Spiel sei, zitierte er das Mitgeschriebene, betörend samtig, in der Tiefe opalisierend schimmernd, in der Höhe auratisch aufleuchtend. Den nächsten Angeber, der schon Luft holte, ließ er stehen, überhörte auch die Diskussion, wohin man gemeinsam noch auf ein Glas Wein zu gehen gedachte, und empfahl sich. Warum war er nicht als trinkfester Dorfgeiger zur Welt gekommen, der auf einer Fidel auf Festen und Hochzeiten spielt und die Menschen, auch die zufriedenen, zwingt, sich der Sehnsucht zu erinnern, ohne deren schöne Traurigkeit sie sich auf der Welt noch überflüssiger vorkämen?

Seine Ehefrau bat ihn, eine Ruhepause einzulegen. Auermann akzeptierte das. Er rührte keine Geige an. Dann bat ihn seine Ehefrau, seine Auszeit auszudehnen. Als Auermann das ablehnte, sprach sie zum ersten Mal von Scheidung. Sie erschraken beide darüber so heftig, daß sie sich auf der Stelle wieder ineinander verliebten, für ein, zwei Nächte, in denen sie einander die schönsten, die hilflosesten Liebesworte sagten. Sie weinten, ohne es voreinander verbergen zu wollen. Nur, zwei Nächte waren zu kurz für ein ganzes Leben. Danach nahm Auermann wieder die alten Gewohnheiten auf: er übte wie ein Besessener, studierte neue Partituren, plante Programme, verhandelte – und verdächtigte seine Frau, nicht mehr an ihn zu glauben, nicht ergeben genug, nicht leidenschaftlich, nicht laut genug. Gab sie Anrufe weiter? Unterschlug sie Briefe? Mit wem hatte sie sich gegen ihn verbündet? Er warf ihr sogar die Tatsache, daß sie das Rauchen aufgegeben hatte, als Verrat vor. Die Tränen, die sie jetzt vergoß, weinte sie wieder heimlich. Sie wurde, ihrem ganzen Wesen widersprechend, still und sanft und trug bald nur noch die entsprechende Garderobe. Ein Umstand, den Auermann offen als Kriegserklärung nahm. Ihre Mutter, eine kluge, zielstrebige Frau, die ihren Schwiegersohn immer bewundert und oft genug gegen ihre Tochter verteidigt hatte, tauchte aus der Versenkung auf und gab rätselhafte Aperçus zum besten. Der Regen ist nicht das Meer. Wer will Farben befehlen, in Blumen zu blühen? Und Ähnliches. Erst schmiß er sie mitsamt ihrer Tochter aus der Wohnung, holte sie aber schon im Treppenhaus wieder ein, brachte sie in die Wohnung zurück und versuchte dort mit mühsam improvisierender Ungeschicklichkeit, die Frauen zum Trinken zu überreden. Er kannte keine andere Möglichkeit, einem Weinkrampf zuvorzukommen und seine Scham loszuwerden. Die Frauen warteten, bis er sich beruhigt hatte, und weiter, bis er eingeschlafen war.

Die Mutter widmete sich, während sie nachdachte, der Betrachtung des am Tisch zusammengesunkenen Auermann. Schön, sagte sie dann, das war's wohl. Wie ich sehe, schaffst Du es offenbar nicht mehr, ihn aufzuheitern. Was ist los? Sind Dir die Einfälle ausgegangen?

Er ist krank, Mama, siehst Du das nicht? In diesem Zustand nimmt ihn nicht einmal mehr ein Orchester, jedenfalls nicht eines, das ihn interessieren würde.

Victor gehört noch immer *vor* ein, nicht *in* ein Orchester. Und wenn er krank ist, mach' ihn gesund. Frauen sollten eigentlich wissen, wie das geht.

Die Tochter kannte das Temperament ihrer Mutter und war nicht überrascht, daß sie es sich noch immer nicht abgewöhnt hatte, solche Dummheiten so unverblümt von sich zu geben. Schlimmer noch, sie glaubte den Unsinn, den sie erzählte. Was die Kur betraf, die sie vorschlug, so hatte sie in ihrem Leben kaum je zwischen einem Kranken und einem Gesunden unterschieden. Ihr eigener Mann, kerngesund und durchaus gutmütig, was die (auch öffentlichen) Frivolitäten seiner Frau betraf, kapitulierte aber vor der von ihr verordneten, für seinen Geschmack zu handfesten und unangemessenen heftigen Verarztung und begann bald ein Verhältnis mit einer eher spröden und unscheinbaren Lehrerin. Als sie davon erfuhr, lachte sie ihn aus. Vertan und vertanzt, war ihr einziger Kommentar über den Treuebruch. Und ließ sich scheiden. Da war die Tochter fünfzehn. Weil sie nichts essen wollte, ging sie zum Ballett, also gerade noch rechtzeitig. Viel kam dabei allerdings nicht heraus. Wie auch, da sie nicht (wie andere) aussah, als sei sie mit Seidenpapier ausgestopft. Auermann fiel sie damals trotzdem auf. Er verliebte sich gern in Frauen, die sich partout nicht verlieben wollten. Und außerdem, mein Gott, spielte er Geige, und wie! Es ist besser, er hört ganz damit auf. Mit allem. Keine Konzerte mehr. Keine Beta-Blocker mehr. Nichts mehr. Wie sollen wir mit dieser entsetzlichen Belastung weiterleben?

Aha, stellte die Mutter fest, er soll also seine Karriere an den gleichen Nagel hängen, wo schon Deine Tanzschuhe baumeln? Hat nicht sollen sein? Alles Bluff? Künstlerpech? Selbst das Rouge, das sie aufgetragen hatte, war jetzt gut durchblutet. Daß ich nicht lache! Du träumst in die falsche

Richtung, mein Kind! Da geht's lang nach ganz oben! Energisch schob sie ihr Kinn in die Höhe – und bedauerte mit der gleichen Heftigkeit, mit der Tochter nicht die Rolle tauschen zu können. Er wird sich fangen, Du wirst sehen. Er wird diese aalglatten Alleskönner alle hinter sich lassen. Das bißchen Verrücktheit, zugegeben, das er hat, gerade das ist es ja, was die Menschen, die ihm zuhören, fasziniert. Gut spielen viele. Aber wer ist da, um den man Angst hat? Um den man betet?

Und als Kuriosität um die Welt schickt? Sie war müde und fand keine Antwort. Einen Mann kann man verlassen. Wie verläßt man eine Mutter?

Es hatte nicht den Anschein, als wäre Auermann aufgewacht; trotzdem stand er auf und ging aus dem Zimmer.

Die letzten beiden Sitzreihen der Maschine, die von Minsk direkt nach Wien flog, waren für Raucher reserviert. Trotzdem war ich der einzige, der den Vorzug dieser verständnisvollen Regelung in Anspruch nahm, wenigstens bis zur Hälfte des knapp zweistündigen Flugs, denn dann bekam ich doch noch Gesellschaft. Ein Mann, mit Übergewicht vor allem im Gesicht, setzte sich neben mich, bat um Feuer und machte es sich, nachdem er den ersten Lungenzug getan hatte, mit dem zufriedenen Aufstöhnen eines Gesättigten bequem. Er sei erschöpft, teilte er mir mit, erschöpft von der Kälte. Kein Mensch könne durchgefroren ein Konzert durchstehen, ausgeschlossen. Er habe sich und ein paar Orchestermusiker zwar in der Kantine mit Witzen zum Lachen gebracht, nur um nicht zu erfrieren, aber es hätten die witzigsten Witze, die einen vor Lachen durchschüttelten, nicht ausgereicht, seine Finger zu durchbluten, die Finger, diese Instrumente mit ihrer Verpflichtung zur Präzision und Unfehlbarkeit, ganz zu schweigen vom Gehorsam, einen Ton so zu gestalten, daß er einer Entdeckung glich. Es war nur wieder eine neue Katastrophe. Vom Tellerwäscher zum Teller. Vom Regen ins Eis. Aber am dritten Pult der Kontrabässe saß eine Rothaarige mit breitem Becken und einem Ausdruck in den Augen, daß man ins Träumen kam, bereit, wieder mit längst vergessenen Gedanken Freundschaft zu schließen. Ich werde also wieder anfangen, Liebesbriefe zu schreiben, ansonsten nur noch in Amerika auftreten, und das auch nur im Hochsommer. Ich denke, wir verstehen uns.

Ich war nicht sicher, daß ich das tat. Ich war erschöpft, ich auch, und auch mir ging so manches durch den Kopf, was sich auf keinen Nenner bringen ließ. Hellhörig wurde ich erst, als er zur Sache kam und gleichzeitig offenbar ein paar offene Rechnungen beglich. Ich traute meinen Ohren nicht.

Alle hatten sie Angst vor meinem großen Schwanz. Bis auf Bernstein, das muß man ihm lassen, auch darin war er eine Ausnahmeerscheinung. Lennie war scharf darauf, auch mich ins Bett zu kriegen, aber ich mußte ablehnen, leider. Ich war damals in eine arbeitslose Harfinistin mit einem Pferdeschwanz verknallt und gerade dabei, sie aus ihrem Aquarium zu fischen. So habe ich unter ihm dann auch nie gespielt, nicht damals und auch später nie mehr. Sehen Sie, so ist das. Groß und dunkel ist die Welt, ansonsten aber ein Saunabetrieb. Bei Sawallisch war es seine Frau, die ablehnte. Böhm, dieser Pedant, hatte was gegen meine Vorliebe für Pornohefte. Kleiber war selbst am Kotzen vor Nervosität vor jedem Auftritt, was hätte der also groß mit einem wie mir anstellen sollen? Horenstein, den ich mehr als alle verehrte, mochte keine Geiger; ich kam nie auch nur in seine Nähe. Kein Debut in Nizza, keines in Mailand. Sie haben es mir heimgezahlt, auch die, die selbst Frauenhelden waren. Der Rest, die geborenen Ruheständler, haben mich ja damals nicht interessiert. In Philadelphia spielte ich schlechter als Einstein, zugegeben, aber das war ein Ausrutscher; Szell nörgelte solange an meinen Tempi herum, bis ich meinen Agenten bat, ihm eine Morddrohung aufs Pult zu legen. Das Konzert fand dann ohne mich statt. Wie auch das in Paris. Wissen Sie, was mir der Dirigent dort nach der ersten Probe eröffnete? Sie schwitzen zu laut! Er schlug ab. Das Orchester hörte auf zu spielen. Ich nahm die Geige vom Hals, schaute den Dirigenten an, und der sagt mir vor versammelter Mannschaft: Sie schwitzen zu laut! Das ist, wenn man noch dazu ohnehin Fieber hat, schwer zu verkraften. Zwei Jahre traute ich mich nur noch aus dem Haus, um ins Bordell zu gehen. Eine große Hilfe für die Karriere war das natürlich auch nicht. Ich denke, wir verstehen uns.

Ich beschloß, mir den Mann zu merken. Deshalb wohl fiel mir sehr viel später überhaupt die Nachricht in den Zeitungen auf, in New York sei ein verkanntes Genie auf- und wieder untergetaucht. Der Polizeibericht sprach von einem deutschstämmigen Violinisten, der, hieß es, sich im Konzertbetrieb nicht habe etablieren können. Heute, wo ich die ganze Geschichte kenne – und dazu einige sich widersprechende Versionen zumindest bestimmter Lebensabschnitte –, er sozusagen zum Gegenstand meiner Nachforschungen geworden ist, um nicht zu sagen, der Anstoß, warum ich überhaupt zu forschen begann, sehe ich sein Leben als die Geschichte eines Verbrechens und ihn als das Opfer vieler Morde. Der erste, der an ihm verübt wurde, war die Gemeinschaftstat, die zu seiner Zeugung führte.

Mein Besucher machte es sich neben mir für die Dauer einer zweiten Zigarettenlänge gemütlich. Mißverstehen Sie mich, wenn Sie wollen, doch glaube ich nicht, daß meine Besessenheit, Sex haben zu müssen, sich von der anderer Menschen groß unterscheidet. Ich war nur naiv genug, auch dabei höchsten Ansprüchen genügen zu wollen. Außerdem war es, wie sich herausstellte, das geeignete Mittel gegen chronisches Kopfweh. Ich haute damals ganze Abendgagen auf den Kopf dafür, und das in Spelunken, die nicht im Placebobereich lagen. Die Leute dort kannten mich. Die gingen in keine Konzerte, die nicht. Die schufteten, vertranken den Lohn, waren großzügig zu den Mädchen und redeten nicht viel. Endlich etwas, das mir nicht ähnlich war. Der Typ mit dem Geigenkasten besucht uns, begrüßten sie mich und ließen mich ansonsten freundlich in Ruhe. Ruhe, endlich! Natürlich machten sie anfangs ihre Witze über die Millionen, die ich da in meinem Geigenkasten spazieren trage. Da hab ich meine Venus mal einfach vor ihren Augen ausgepackt. Aha, eine Geige. Was ich damit anstellte, fanden sie, war meine Sache. Die interessierte, ob ich okay war. Die Mädchen auch. Halten Sie mich um Gotteswillen nicht für romantisch, aber ich sage Ihnen eines: an keinem Ort der Erde hätte ich meine Geige unbeaufsichtigt gelassen. Hier ließ ich sie liegen, sobald mich eines der Mädchen soweit hatte. Ich nahm die, die am wenigsten redeten. Die hatten die schönsten Augen. Wenn ich wieder zu mir kam, hatten sie zwar mein Geld geklaut, aber auf die Geige hatten sie aufgepaßt. Ich konnte etwas, was nicht alle können; das verdiente ihre Anerkennung.

Er ließ sich unterbrechen, um sich Kaffee nachschenken zu lassen und an der Tasse die Finger zu wärmen. Hin und wieder eine Ausschweifung, das hielt mich über Wasser. Ich wußte wieder, wie ich nackt aussehe und wie es sich anfühlt, und bereute, zu lange kleinen Pobacken den Vorzug gegeben zu haben. Meine Existenz als klassischer Musiker spielte sich doch längst nur noch in der Sicherheitszone der Beta-Blocker ab, die als Drehzahlbegrenzer vor Überreizung schützten, wenn sie das überhaupt noch taten bei dem Konsum, den ich gewohnt war. Die Taschen quollen mir über von dem Zeug. Tatsächlich saß ich ja im Gefängnis, schluckte Dociton 40, saß in einer Herde von Schießbudenfiguren im Orchester, der Gefangene mit den schnellsten Fingern, schneller und geschickter als die eines Taschendiebs. Das Griffbrett rauf und runter, die höchsten Lagen zielsicher wie ein Pistolenschütze. Bis es dann peng! machte und ich in einem ›Institut für asiatische Gesundheit und Schönheit‹ wieder zu mir kam. Grün fällt der Apfel, rot steigt die Sonne im Sturm. Ich denke, wir verstehen uns.

Entschuldigen Sie, aber der Herr da vorne erwartet Sie.

Gott ja, antwortete er der Stewardeß, immer wird man erwartet, und dann ist nie jemand da. Dann wandte er sich wieder an mich. Als Krankenschwester, zischte er, hat sie mir besser gefallen, stand auf und verbeugte sich. Tut mir leid, aber ich stehe in Diensten.

Wie hätte ich damals vermuten können, daß der auf Anhieb gesellige Passagier in der weißrussischen Hauptstadt gar kein Konzert gegeben, ja nicht einmal eine Geige auch nur im Gepäck hatte, daß er als Opfer einer chronischen Angsterkrankung berufsunfähig geworden und Patient einer psychiatrischen Anstalt gewesen war, und ihr nur durch die Intervention jenes Herrn entkommen war, in dessen Begleitung er reiste: eines Bankiers (mit Wohnsitz, natürlich, in der Schweiz), der Nichtraucher war und vorne saß und seine Rückkehr erwartete.

Auf einer Auktion kostbarer Geigen, die bei Christie's in New York stattfand, hatte sich, wie Sie sich vielleicht erinnern, ein Skandal zugetragen, der sogar der internationalen Presse ein paar Schlagzeilen wert gewesen war. Ein Mann hatte sich von seinem Sitz erhoben, einem der Angestellten das zur Versteigerung anstehende Objekt, eine mit allen Zertifikaten versehene, also höchstwahrscheinlich echte Gagliano, als dessen Erbauer Nicolo Gagliano festzustehen schien, aus den Händen gerissen, dem Innenfutter seines Mantels einen Geigenbogen entnommen und zu spielen begonnen. Zuerst packte die Gänsehaut nur die unmittelbar Verantwortlichen, denn nur sie wußten, daß dies kein vorgesehener Programmpunkt der Präsentation, sondern ein Zwischenfall, wenn nicht ein Überfall war. Da saß das Publikum noch ahnungslos auf den Stühlen und wunderte sich allenfalls, daß der Mann ihnen den Rücken zukehrte; wenn man sich schon Mühe gab, den Klang des

Objektes vor Beginn des Bietens demonstrieren zu wollen, war schwer verständlich, es als Verschlußsache zu tun. Außerdem sang der Mann, der spielte, einigermaßen lautstark mit. Aus Sorge um den Wert der Geige versuchte der Auktionator das Auditorium zu beruhigen, mit Anweisungen über das Mikrophon, in das er mehr flüsterte als sprach, ein Auge aufgerissen immer auf den Unbekannten gerichtet, aber auch in einer Art beschwörender Zeichensprache, von der er sich noch am ehesten Rettung versprach. Keiner solle den Saal verlassen, keiner auch nur aufstehen, schon gar keiner den Helden spielen und den Mann gewissermaßen entwaffnen wollen. Auch das Telefongespräch mit dem Büro der Sicherheitskräfte hatte mehr Ähnlichkeit mit einer Pantomime als einem Notruf. Andererseits – aber entschuldigte das den gestörten Zeitablauf mit dem Nachteil, keine Geschäfte tätigen zu können? – war das zu Gehör gebrachte Geigenspiel vollkommen. Wann je war die vertrackte c-Moll-Sonate von Eugène Ysaye so temperamentvoll sicher, so tollkühn melancholisch erklungen, es sei denn, der Bankier erinnerte sich gut, von Rabin, jenem unglücksseligen Michael Rabin, den eine Bande skrupelloser Agenten und Konzertveranstalter als Wundergeiger durch die Welt gehetzt hatte, von Auftritt zu Auftritt, Kontinent zu Kontinent, bis er sich im Alter von sechsunddreißig Jahren, nach einer Periode schlimmen Medikamentenmißbrauchs und Drogenkonsums, mit dem Befreiungsschlag seines Sterbens von seiner unwürdigen Existenz selbst erlöste.

Der Bankier sah das nüchtern. Alles Kostbare war gefährlich, das Kostbarste manchmal tödlich. Schon gut, daß er dem Künstlerdasein nie näher getreten war als in Filzpantoffeln. Er spielte leidlich Klavier, vermißte aber das private Musizieren mit einem Seelenverwandten. Der war in seinem Leben bisher nicht aufgetaucht. Einem Jurastudium schloß sich ein Job in der Industrie an, ein Glücksfall beförderte ihn in einen Konzern weltweiter Aktivitäten, und das auch noch auf einen der vier Chefposten. Er war ein gemachter Mann, nur saß er noch immer allein am Klavier. Geheiratet hatte er aus irgendwelchen Gründen nicht. Dazu war er zu fleißig, zu gewissenhaft und auch viel zu viel auf Achse. Mehr als die Musik könnte er eine Frau ohnehin nie lieben. Was war die Vollkommenheit einer Geige gegen die Schönheit schöner Frauen? Er sah das nüchtern. Viel Zeit blieb ihm nicht mehr, eine Frau zu finden, in deren Geigenspiel er sich verlieben könnte. War die Liebe gestrichen, blieb die Hausmusik. Sie fehlte ihm. So viel Restwärme stand auch einem Junggesellen zu, wie er fand. Trotz einiger vager Träumereien, die ihm sein abendliches Klavierspielen und das allnächtliche Alleinsein eingaben, hielt er Träume trotzdem für machbar. Was mit Geld machbar ist, ernüchtert Menschen bis heute. Der Bankier begann also umzudenken. Das heißt, noch dachte er nicht. Nicht in diesem Augenblick. Dafür interessierte er sich im Moment zu sehr für das, was sich gerade hier im Saal abspielte. Der Mann, eben noch weiter nichts als ein Störenfried und von den anwesenden Händlern zum Teufel gewünscht, war verschwunden. Jetzt erst setzte wirklich Tumult ein. Nicht nur der Mann, auch die Geige war verschwunden. Als man die Türen verschloß, hätte man die Luft abtasten müssen, denn nur in der, wo sonst, hätte er sich auflösen können.

Festgenommen wurde Auermann am gleichen Abend auf dem Podium der Avery-Fisher-Hall, als er plötzlich mit Mantel und Geige hinter dem Orchester auftauchte und sich in das Violinkonzert von Wieniawski (N° 1, fis-moll, Op. 14, das er in- und auswendig kannte) einmischte. Zuerst strauchelten die Bläser und Bässe, was den Dirigenten und dann den Solisten veranlaßte abzubrechen. Somit wäre erst einmal, wenn auch nur für wenige Minuten und nur akustisch, der Weg frei gewesen, das Können dieses Unbekannten zu bestaunen. Der Bankier tat genau das.

Er freute sich über das Wiedersehen mit einem Gespenst, erkannte auch gleich den eigentümlichen Klang dieser Gagliano wieder (die er im folgenden Herbst dann tatsächlich ersteigerte) und stand auf, um durch den Künstlereingang von der Straße aus erneut ins Gebäude gelangen zu können, wo er zuerst fast umgerannt worden wäre von einer Horde übereifriger Saalordner, in ihrer Mitte Auermann, der nicht nur keinen Widerstand leistete, sondern dem Treiben um seine Person mit Interesse und einem so entspannten Lächeln zusah, als sei er sicher, alle hier hätten vorübergehend nur den Verstand verloren und würden ihn doch noch um Autogramme bitten. Dahinter balancierte ein Herr im Anzug durch die Windböen des Geschreis und hielt die Gagliano von sich weg wie einen toten Truthahn, aus dem noch Blut tropfte. Ihm stellte er sich in den Weg, zückte seine Visitenkarte (mit einem irgendwie getürkten Königswappen über dem Namen) und verblüffte sich selbst am meisten mit der Behauptung, er übernehme die Verantwortung für den Vorfall, selbstverständlich auch für alle anfallenden Kosten. Und nun her mit der Geige, hätte er noch gerne gesagt, so sicher war er, der Herr hätte sich wehrlos seinem Befehl ergeben. Schwer war es nicht, dessen Erleichterung zu deuten. War der Verantwortliche gefunden, war jedes Chaos nur noch ein Kinderspiel. Dem Himmel sei Dank. Gut, daß es einen Gott gibt, vor allem wenn er sich auch noch gnädigerweise mit einer Visitenkarte ausweist. Da, halten Sie mal das gute Stück. Was war eine Geige wert im Vergleich zu einer wegen Unfähigkeit gegen ihn erwirkten Klage, die seine Entlassung zur Folge haben würde, und das fünfzehn Monate vor seiner Pensionierung? Der Herr überließ ihm die Gagliano, denn er brauchte jetzt Bewegungsfreiheit, einmal, um sich den Schweiß von der Stirn zu wischen, zum anderen, um den Pulk der Männer zu knacken, die sich offenbar vorgenommen hatten, ihren Beruf übereifrig und zum ersten Mal mit Leidenschaft ausüben zu wollen.

Als der Bankier in sein Hotelzimmer zurückkehrte, lief im Radio noch immer die Direktübertragung des Konzerts. Er hörte zu. Aber noch intensiver dachte er nach. Wenn eine Geige ein Lebewesen war mit einer Seele, war es dann nicht möglich, daß sich diese mehr als zweihundert Jahre alte Seele danach sehnte, gestohlen zu werden? Daß sie unglücklich war mit dem Schicksal, das ihr blühte (Tod im Tresor und niemand da, der sie je wieder lebendig spielen würde)? Gleich zweimal an einem einzigen Tag schien sie in Sicherheit, ihr Glück zum Greifen nah. Hatte sie nicht gejubelt, als dieser Unbekannte zu spielen anfing? Dem Bankier war, als er sie jetzt anschaute, als strahle sie noch immer. Obwohl ein Mann der Zahlen und Zinsen, gefiel ihm der kaum verschlüsselte Code ihrer Wünsche, und er betrachtete sie deshalb bereits als sein Eigentum und sich als ihren Retter. Warum hatte er gezögert, im Dunkel der Hinterbühne einfach zu verschwinden und der konventionellen Ebene seiner irdischen Existenz ein Glanzlicht zu verpassen? Welcher Dieb hantierte aber auch mit Visitenkarten, noch dazu echten? Und wo war sein frisch gekürtes Sorgenkind in diesem Moment? Sollte er zuerst die Botschaft seines Landes informieren (was ja erst morgen früh gegen neun Uhr möglich sein dürfte) oder das Hotelzimmer verlassen, um an der Bar unten mit dem nächstbesten Zecher auf ein Ereignis anzustoßen, das Ähnlichkeit hatte mit einem Purzelbaum?

Er war nach New York gekommen wegen der Geigen und kam mit einem Geiger zurück nach Europa. Natürlich gab es da noch diverse Formalitäten, die die Sache verzögerten. Es zog sich hin, ein Jahr, zwei Jahre. Erst einmal hatte ihn die Polizei am Wickel, die Presse, die Staatsanwaltschaft, das Ärzteteam eines Krankenhauses, die Einwanderungsbehörde. Schließlich sperrten sie ihn ein, in eine für seinen noch nicht klar definierten Geisteszustand zuständige Anstalt.

Wenn wir in jener nie geschriebenen Biographie weiter-
blättern, entdecken wir Auermann, wie er wie ein Sklave
unter Verschluß gehalten wird, nur daß er diesen Zustand
selbst gar nicht bemerkt. Im Gegenteil. Er bewohnt eine
Villa über dem Thuner See. Die in Frage kommenden Kon-
ten sind prall gefüllt. Auf eine Haushälterin ist auch Ver-
laß (auch darauf, daß sie ihm, wenn er sie darum bittet,
vorliest). Er schläft gut und viel. Mal spielt er spaßeshalber
auf dieser, mal auf jener Geige, bleibt aber der Gagliano
treu, als deren Eroberer er sich fühlt. Mit ihr im Arm
durchstreift er das Haus und den Garten wie einer, der
nichts auf Anhieb wiedererkennt. Dafür schmeckt ihm das
landesübliche Essen. Er trinkt Rotweine, die wie Geigen auf
Auktionen ersteigert waren. Keine Spur mehr von Lampenfieber. Ihm entgeht also, daß er unter Beobachtung
steht, entmündigt, abgerichtet als Hausmusiker, Eigentum
eines Bankiers.

Während eines Abendessens in dessen Villa soll es, wie
ich inzwischen weiß, zu einem Vorfall gekommen sein. Er
wirkte an diesem Abend mehr als sonst verkümmert, verwirrt, leidend, noch bevor er so vielen Menschen vorgestellt und von seinem Besitzer gebeten worden war, Hände
zu schütteln. Er rettete sich schließlich in eine Ecke, was
niemanden hinderte, ihn anzustarren. Es war, dem Anlaß
entsprechend, naheliegend, sich über Musik zu unterhalten, über Instrumente und die, die sie spielen; aus Höflichkeit dem anwesenden Künstler gegenüber vor allem
eben über Geigen und Geiger. Alle hatten sie Erinnerungen und es eilig, sie einander zu erzählen und ihre Unver-
geßlichkeit zu beschwören. Es fielen Namen, die geläufigen
großen Namen der Geigerzunft, wie sie jedes Kreuzwort-
rätsel als kulturelles Allgemeinwissen voraussetzt. Es wurde
die heilende Kraft der Musik, die schäumende Festlichkeit
vieler Konzertabende gewürdigt wie auch das beneidens-
werte Privileg dieser wenigen Auserwählten, denen es gegeben ist, sich vor ihrem Publikum austoben zu können.

Stumpfsinnig brütete Auermann vor sich hin.

Einer der Gäste versuchte, seine Frau mit einem barschen Hinweis auf die Qualität des Champagners, der gereicht worden war, davon abzuhalten, Auermann aus der Reserve zu locken; vergeblich. Sicher sind Sie auch so ein Gott der Geige. Was werden Sie uns nachher spielen? Sie werden doch?

Auermann fand die Worte nicht, die er hätte sagen wollen. Dann war die Zeit abgelaufen, sich noch Mühe zu geben. Die Ecke um ihn herum wurde enger. Auch wenn er im Exil lebte, durfte niemand über seine Heimat Dummheiten von sich geben. Zu Hause, das war eine andere Welt. Da wurde scharf geschossen. Jeden Tag ging es um Leben und Tod. Es reichte Menschenverstand nicht aus, an Gott zu glauben.

Es ging immer noch um Namen. Wie hieß nur wieder dieser eine große Geiger, wandte sich die Frau von Auermann weg an die versammelte Runde.

Menuhin, half eine Stimme aus.

Richtig, ja. Menuhin. Sie wandte sich wieder Auermann zu, der kein Zeichen von Interesse von sich gab. Dummes Zeug, kam es aus seinem Mund, aber leise und kraftlos, und niemand hatte es gehört. Menuhin hat nur bis zu seinem 18. Lebensjahr Weltklasse gegeigt. Da sich die Gäste inzwischen geeinigt hatten, sich nicht weiter von Auermann provozieren zu lassen, von seiner Schlaffheit und rücksichtslosen, grabeskranken Gleichgültigkeit, hatten sie auch das überhört.

In der royalen Atmosphäre einer geladenen Gesellschaft hatte der zweite Teil des Abends wie geplant damit begonnen, daß Auermann auf Befehl des Hausherrn einige Paganini-Capricen spielte. Danach wollte sich, wie angekündigt, der Hausherr mit ans Klavier setzen, zu einer Zugabe gewissermaßen, der einen oder anderen Cavatine, eines deutschen oder ungarischen Tänzchens, einer Sonatine oder sonst einer dieser kleinen schluchzenden

Fröhlichkeiten aus der Literatur beliebter Stücke für Violine und Klavier. Ungewöhnlich, aber noch nicht alarmierend, war Auermanns Aufforderung, die Gäste sollten ihm nach jeder Caprice die Tonart nennen, in die es gesetzt sei. Wie man dem Gesicht des Bankiers entnehmen konnte, war das so nicht abgesprochen gewesen. Ihm war daran gelegen, den Erwerb einer weiteren Geige zu feiern – wie er in einer kleinen Ansprache erläuterte, einer von Jean-Baptist Vuillaume etwa um 1836 eigens für Paganini angefertigten Kopie der legendären del Gesu – und Geschäftspartnern endlich jenen Mann zu präsentieren, von dem er unvorsichtigerweise erzählt hatte. Diese erste Intervention Auermanns gegen das Zeremoniell wehrte der Bankier dadurch ab, daß er nach dem verklungenen letzten Ton der ersten Caprice mit Es-dur einen Volltreffer landete. Aber Auermann verstand in der Rolle des Rätselonkels keinerlei Spaß und hielt die Einmischung des Bankiers für irregulär. Keiner konnte der zweiten Caprice viel abgewinnen, weil etwas Bedrohliches in seinem Spiel lag und in der Art, wie er die Gäste musterte. Als er den Bogen absetzte, hörte man eine Standuhr ticken; sie jedenfalls ließ sich nicht einschüchtern. Der Bankier handelte beherzt und entführte Auermann, der die Gäste als enttarnte Ignoranten beschimpfte, von der Bildfläche, kehrte danach zurück, bat zu Tisch und versicherte, alles sei in Ordnung. Den Gästen schmeckte das an sich vorzügliche Essen so wenig, wie sie zuvor die zwei Capricen hatten genießen können. Ein sonderbarer Mann, dachten einige, und meinten den Gastgeber. Irgendetwas, fiel ihnen wieder ein, hatte mit ihm nie ganz gestimmt.

Auermann gab am gleichen Abend eine weitere Vorstellung, denn pünktlich zum Nachtisch saß er wieder am Tisch. Er mochte Süßes. Süßes ißt man am besten barfuß, erklärte er, und entledigte sich seiner Schuhe und Socken. Das Entsetzen nahm zu, als er seine Rückkehr aus Indien ankündigte und sein Comeback auf dem Konzertpodium, wobei er der Frau eines hohen Staatsbeamten über den Mund fuhr, nur weil sie nicht auf Anhieb verstand, warum er sich seinem Publikum, wie er sagte, in einem Stahlkäfig präsentieren wolle.

Einem was? Einem Käfig? Warum das denn?

Die Heftigkeit, mit der er Luft ausstieß, kostete drei Kerzen die Flamme. Um mich zu schützen vor dem Unheil.

Der Bankier legte die Serviette zur Seite. Die Ehepaare unter den Gästen faßten sich an der Hand. Ein Herr, der austreten wollte, fand die Tür verschlossen.